新萬有文庫
New Variety 文庫

住在南半球的日子

周嘉川・楊本禮 合著

臺灣商務印書館

萬卷書籍，有益人生
——「新萬有文庫」彙編緣起

　　台灣商務印書館從二〇〇六年一月起，增加「新萬有文庫」叢書，學哲總策劃，期望經由出版萬卷有益的書籍，來豐富閱讀的人生。

　　「新萬有文庫」包羅萬象，舉凡文學、國學、經典、歷史、地理、藝術、科技等社會學科與自然學科的研究、譯介，都是叢書蒐羅的對象。作者群也開放給各界學有專長的人士來參與，讓喜歡充實智識、願意享受閱讀樂趣的讀者，有盡量發揮的空間。

　　家父王雲五先生在上海主持商務印書館編譯所時，曾經規劃出版「萬有文庫」，列入「萬有文庫」出版的圖書數以萬計，至今仍有一些圖書館蒐藏運用。「新萬有文庫」也將秉承「萬有文庫」的精神，將各類好書編入「新萬有文庫」，讓讀者開卷有益，讀來有收穫。

　　「新萬有文庫」出版以來，已經獲得作者、讀者的支持，我們決定更加努力，讓傳統與現代並翼而翔，讓讀者、作者、與商務印書館共臻圓滿成功。

　　　　　　　　　　　台灣商務印書館董事長　　王學哲

《住在南半球的日子》

目錄

前言

前言

（周嘉川）

　　一九八二年4月，我隨著先生楊本禮外派，舉家遷往澳洲，一住就是八年半。其間因為推廣考察，也到過南半球許多地方像紐西蘭、斐濟、紐卡里多尼亞、大溪地和南非。因為是第一次到國外長住，看到的風光、生活文化，樣樣都覺得新鮮、有趣，總想把它們寫作發表，與讀者分享。

作者周嘉川和楊本禮夫婦二人抱著無尾熊

　　那段日子我們住在澳洲，因為工作的關係，每年固定要到澳洲每一個大城去開推廣會或參加展覽，走遍了澳洲東岸的第一大城雪梨、第二大城墨爾本、在兩城之間的首都坎培拉；然後是各州的省會：昆士蘭州的布里斯本、南澳的艾德禮、西澳的柏斯和北澳的達爾文，也到過澳洲大陸的心臟區艾爾斯巨石，還有靠近南極的島嶼省塔斯曼尼亞。

　　我們也必須經常到附近的國家去推廣和考察觀光，有些

還不只去過一次，像紐西蘭和斐濟，從北到南都走過好幾遍，感受自然更深入和全面；另外也特別安排去了南太平洋充滿法國浪漫風情的旅遊天堂：大溪地和紐卡里多尼亞；到南非去考察則更是一次特殊的因緣，當時飛航澳洲的南非航空公司，正被逼迫必須斷航，未來要通過華航做區域聯接，就在斷航前，南非航空公司特別邀請我們到南非去觀光考察。就這樣我們在這個區域居住行走了八年半，乃決定把這本書取名為：《住在南半球的日子》，說的是我們一家人在那段時間所見、所聞和內心的感受。

當時本禮是由我國觀光局外派到雪梨設立澳紐辦事處，而我也幸運的獲得中華航空公司澳洲業務代表的工作，兩人又同時是東亞旅遊協會澳紐分會的成員，每月固定一起開會，一同到澳洲、紐西蘭工作轄區內辦推廣展銷會；周末更是一家大小一同去採購食品、雜貨或和朋友們聚會。

想起自結婚後，我在台視、他在中廣的日子，總是各忙各的，偶而出國採訪也不可能同行。相比起來，在澳洲的八年半，算是我們工作、生活首度如此密不可分，也有太多共同的回憶，於是我們決定由兩人共同來寫這本書。

當然兩人觀察事務的面向、想法和興趣仍有不同，寫作的方式、詞彙用語也不盡一致，想想何妨，讓我們可以對相同的事物作各別的闡述；也可以選擇不同的事物各自發舒感懷。

我們依時間先後和內容，大致區分為生活篇、工作篇和旅遊篇。當然本禮的工作是為國家推銷形象和觀光，我的任務是監督華航在當地的總代理，另外也包含推廣形象和促成

通航，很多時候我們的生活、工作和觀光旅遊都是很難分割開來的。

本禮常說他的工作就是「吃喝玩樂」，其實是要教別人如何吃喝玩樂。當你把「吃喝玩樂」當作工作，你不是在享受，你是在學習，教育自己也教會別人，那種態度是非常認真的。這也是為什麼他在觀光局退休後仍願意到大學去教授飲食文化和觀光與媒體的關係等專業課程，希望能為國內的觀光教育盡點心力。

而我們這樣略分篇章，只是為了讓讀者朋友們閱讀方便。整體的看，它是一家人在南半球生活的故事，分開來看它可以是針對不同事務撰述的獨立篇章。出國廿年，我們都有深深的感觸，那就是不出國門，不知我們國家外交處境的艱困；出了國門倒也了解到只要自己國家有堅實的經濟實力，別人絕對不會漠視你的存在。希望在這本書裡，讓讀者看到的是和一般旅遊不一樣的澳洲、紐西蘭和我們走過的南半球。

這本書記載了我們一家人住在南半球的日子

致贈國畫給我們的好友參院議長賽布拉（中坐者）和他的夫人

參加 PATA 大會，左一為澳航新省經理 Bob Hardie ，右二為
PATA 董事張伯倫

生活篇

驚鴻一瞥雪梨城

（周嘉川）

　　一九八二年4月初，本禮由我國交通部觀光局外派到澳洲雪梨，去新開闢一個觀光協會澳紐辦事處，我帶著兩個一大一小的女兒，智婷十一歲、智媛才八個月大，舉家相隨。

　　那時我在台灣電視公司服務已滿十三年，正是在電視上的表現更臻完美成熟的階段，公司和長官對我準備放棄工作隨夫赴國外生活十分依依不捨，但是為了這個家的完整、兩個女兒的未來、也為了讓自己在人生中有更多的體驗，加上在幾年前因為工作壓力患過一場甲狀腺功能亢進的文明病後，我感覺自己應當換換環境，正巧本禮有這個外派的機會，我當下決定放下一切遠走他鄉，為自己開拓一個完全不一樣的人生。

　　只是沒想到澳洲簽證遲遲不下來，一等一年多，原以為會在澳洲出生的小女兒智媛，結果是滿了八個月才得動身。已經十年沒有生育，突然來到的小女兒，讓我手忙腳亂，還好有大女兒幫忙，讓我們在一切要靠自己打拚的外國能平順度過。

　　那年一月初，智媛還是四個月大的時候，我們收到通知，要全家一起到香港澳洲總領事館去作簽證面談。那時我

雪梨的標誌歌劇院

的父母正和我們同住，為了我們要出國工作，已準備回美國定居（我家有五姐妹，當時除了大姐滯留大陸，其它三位姐妹都散居美國各州）。

心想，今後也不知什麼時候才能再和父母相聚，於是約了母親一起同行，到她從未去過的香港走走，而爸爸那時已經診斷出患了帕金森病，未能同行，只得商請一位媽媽的好友鄭伯母來家照看。（爸爸已在一九九一年初，在舊金山寓所過世。）

一九八二年 4 月初抵澳洲；在雪梨 Manly 海灘驚鴻一瞥。

幸好往後八年我擔任了中華航空公司駐澳紐業務代表的工作，行旅方便，我們幾乎每年都到舊金山去探望父母，才能稍稍彌補心中的遺憾。

本禮攜家帶眷的來到香港澳洲總領事館，領事官對我們簡單問話後，又單獨和本禮談了一回話，出來後本禮告訴我，領事拿出厚厚一疊的相關資料，包括他在那兒服的兵役，美國留學時在什麼地方打過工，留學前在海外何處做過事，資料上都有，他想我們也不是什麼大人物，有必要如此事無巨細的收集我們的資料嗎？但無論如何可以看出他們情報收集的精確度，可真讓人歎為觀止！

小女兒尚在襁褓，記得我還為她帶了一個消毒奶瓶的大煮鍋和一大疊紙尿布，勞師動眾的來到香江辦理赴澳簽證。對澳洲這種牛步化的辦事效率，我起先很難適應，一直到澳洲住了一段時間之後，才能了解他們從容面對人生的生活態度。

在香港幸好有親朋好友和同學，帶著我們一家老小，遊太平山、新界，逛百貨公司、海港城，到海中畫舫吃海鮮，媽媽和我們玩得很開心。

四月中，一切準備就緒，我們帶著兩個女兒，又再度經過香港轉飛澳洲雪梨，那時臺澳之間還沒有直接航線，我在事前接下了中華航空公司澳紐業務代表的工作，更感受到沒有直飛航線的痛苦，決心要把開拓航線作為未來工作追求的目標。

從香港飛澳洲雪梨足足飛了九個小時，智媛睡在最前排

座位的睡籃裡，一路上倒也安穩舒適。飛機在第二天清晨到達雪梨，最特別的是飛機一落地，空服員就開始噴灑霧狀的消毒液，據說是為了保護他們的農牧業，杜絕外來行旅可能帶進任何有害的病菌，我們因為從未見過，只好立刻蒙住口鼻、屏住呼吸，等噴霧散去。這個行之有年的方式，一直到幾年後不斷受國內外批評，加上他們也改用其它防堵的方法，才正式取消。

出了機場見到了經由別人介紹特別前來接機的我國留澳學者楊雪峰博士，之後我們先搬至我國代表處所在地的墨爾本，一年後再搬回雪梨，幾次進出都是他費心幫忙安頓住處，和他及他的澳籍夫人麗莉安因此結為莫逆之交。（楊雪峰以後出任我國大洋洲僑選立委，已因病在一九九八年病逝。）

初見雪梨，立刻吸引目光的就是它停泊港灣中如帆船一般造型的歌劇院，和飛舞在港岸兩邊成群的白色海鷗，還有那弧形鋼架的港灣大橋。走在高低起伏的街道上，和空氣中飄散著濃濃的度假氣氛，感覺那地方似曾相識，像是美國舊金山和西雅圖的混合面貌，但是住久了才會感覺雪梨就是雪梨，這個澳大利亞的第一大城，有許多獨一無二的特色。

剛到雪梨我們行止未定，暫時住在歌劇院對岸的一間公寓裡，雪梨港有如一條長長的河灣，貨運和遊輪碼頭都在河灣深處，沿著海灣兩岸盡是價錢昂貴的住宅區、遊樂場、著名海灘和動物園，一直通向出海口。海灣兩邊的居民可以開車走雪梨大橋，也可以乘渡船來往，更可以招小快艇般的水上 Taxi，我們就曾經乘過兩次到對岸的歌劇院，或到隔鄰碼

頭的岸旁遊樂場去玩。

到雪梨沒多久，碰上當地的 ANZAC Day 假日（這是為紀念一九一五年 4 月 25 日，第一次世界大戰澳紐兩國死亡近八千人的戰役），街上有紀念遊行，許多老兵還穿著當年的軍服，坐著輪椅參加遊行。

這天全國放假，所有商店都打烊，好不容易找到一家酒館還開張，我們跟著別人一樣點了燒烤羊排和飲料，不知是肚子太餓了，還是澳洲盛產的綿羊肉真新鮮，只覺得從來沒吃過如此鮮美的羊肉，而且一點也不腥膻，聽著澳洲的歷史故事，吃著澳洲羊排，像是為我們上了澳洲的第一課。

在雪梨匆匆兩個星期，本禮接到駐澳代表陳厚佶的命令，要我們暫時先到墨爾本工作，後來才知道我們在雪梨開辦事處的事尚未獲得澳洲政府的同意，只好先去墨爾本候命，就這樣在雪梨驚鴻一瞥之後，我們就匆匆轉往墨爾本去了。

墨爾本的歐陸風韻

（周嘉川）

　　本禮的任命是到雪梨開設觀光推廣辦事處，可是在我們一家到達雪梨之後，才接到我國設在墨爾本（Melbourne）的外交部代表處的命令，要本禮先去墨爾本報到，原來經過一年時間的申請，澳洲政府的許可證仍未下來，我們得先到墨爾本去等候，最少要一年的時間。就這樣在預期之外的、在雪梨驚鴻一瞥之後，我們一家又打包飛到澳洲的第二大城一

墨爾本街景有歐洲古風

有花園城市美譽的墨爾本去了。

墨爾本在雪梨南邊一小時的航程地，它是澳洲大陸最小一州維吉尼亞州的省會，幸運的是那裡有本禮原來在中廣任職的兩位老同事到機場來接我們，一位是遠東貿易公司的祕書劉時（當時我國設在澳洲的各代表處都以遠貿的名義登記），一位是當時任職澳洲廣播公司的王恩禧。

墨爾本古色古香的市區，建築前是仍行駛的電車 Tram

在沒找到租屋以前，我們還在王恩禧家打了兩個星期的地鋪，又在好友們的幫忙下，很快找到了一棟近城區的租屋和城中心的一間臨時辦公室。我們兩人都曾是記者，也曾走過歐美和亞洲各國，但是到國外長住還是第一遭，心中難免忐忑，不過生活文化的相異，也讓我們感覺處處驚奇。

剛到墨爾本我們還沒車，發現這裡居然還保留了四通八達的古式電車，他們叫它 Tram，最初我們來往都坐 Tram，看到有些比較上了年紀的婦女，仍是戴著手套和帽子，傳統又優雅地坐在車上，車子一路沿著長長的雅拉河（Yarra river）慢慢行駛，一路流覽美麗的風光，清晨河面上經常看得

到八槳的長船飛快滑過。

城裡面因為有電車，在各大十字路口都實施四方轉，也就是當你的車子要右轉時，得先開過馬路，等右方的綠燈亮起才能越過電車道轉到右邊去。城裡保留了許多英國維多利亞時代的歐式建築，當然也有不少新式高樓大廈。其中有一座八角形大廈，是以盛產鳥糞聞名的諾魯王國的資產，他們知道鳥糞會有時而盡，賣鳥糞賺的錢就趕緊拿到澳洲有百年歷史的金融大鎮墨爾本來

諾魯賣鳥糞賺的厚利在墨城蓋的八角形商業大樓，座落市中心，十分搶眼。

置產保值。看著墨爾本的城市風貌和橫越空中的電車線，有時真會讓人有身在歐洲的錯覺。

在墨爾本住了一年，經歷了秋、冬、春、夏四個季節，才看盡了花園城市的全貌，果然不是浪得虛名。我們剛到的時候正值深秋，近郊城鎮到處種楓樹，放眼望去一片楓紅，那時我還沒去過加拿大，只覺眼前一片醉人的紅，美不勝收。

墨爾本的冬天比較冷，因為更靠近南極，只是冬天並不下雪，因為澳洲是一塊乾旱的大陸，連雨都下得不多，最多在高山頂端會覆蓋一些白雪。人們形容天氣常說「一年四

華航總代理在墨城柯林斯街黃金地段的大廈（Jetset Tours）

季」，墨爾本天氣的特質卻是瞬息萬變，因此有「一天四季」的說法。

澳洲人都說墨爾本的天氣像女人的情緒般難以捉摸，真是晴時多雲偶陣雨。而我的親身體驗則常常是一個小時四季，明明是晴朗的藍天，一忽兒一陣狂風吹來，天氣轉陰氣溫驟降，又一忽兒突然霹靂叭啦下起一陣冰雹，過一會兒又轉為晴朗的藍天了。

想起一個有關墨爾本下冰雹的笑話，我們遇到一位政大的校友畢文澤，他好意告訴我們在墨爾本買車千萬不要買日本車，最好是買瑞典的 Volvo，因為萬一下起冰雹，日本車就會被炸得車皮上百孔千瘡。後來偶遇冰雹，小的如小石粒，大的也有櫻桃和雞蛋般大，或許他的笑話是真的也說不定。

到澳洲來，我第一課學會的是他們生活的悠閒態度，我得把我原來在臺北衝鋒陷陣的步調放慢、再放慢。說起生活步調慢，讓我想起澳洲人嘲笑紐西蘭人步調慢的笑話。我們常會把澳紐連在一塊兒，像是鄰居也是兄弟，可澳洲人最愛笑話紐西蘭落後。話說澳洲一個航班就將在紐西蘭第一大城奧克蘭降落，此時響起空服員的聲音：「我們就要在奧克蘭降落，請各位把你的時間撥後一百年。」而在我們看來，澳洲的步調還比我臺北人慢了好幾倍都不止。

12月到來年2月是澳洲的夏季，墨爾本的日照特長，每天到晚上9點天才開始暗下來，正午熾熱的陽光到傍晚已經轉涼，下班後那是一天最舒服的時候，我會準備一籃野餐，和本禮帶著兩個女兒，那時大女兒智婷11歲，小女兒智媛才1歲半，走到附近著名的Como古宅旁的一大片綠地，讓孩子們奔跑、玩呼拉圈、吃野餐、看夕陽，第一次享受日長夜短的樂趣，感覺一天的時間真長，每天都能享受一家人樂融融相處的甜蜜。

在墨爾本也看到兩次自然奇觀，兩次都發生在夏季，一次是突然從墨爾本刮起一陣沙塵暴，也許說焚風更為恰當，只見熾熱的沙塵，一時之間鋪天蓋地罩下來，既使門窗緊閉，屋子裡剎時鋪上一層土黃色的厚灰，電視上照出來的焚風，從北面沙漠中，如一道土牆般緩緩向南移動，那景觀實在嚇人，事後大家花了好長的時間才把沙塵清理乾淨。

另外就是澳洲尤加利樹林，隔幾年就會自然發生的天火，那年丹迪農山區就發生了一場「地獄之火」。這裡天氣

墨城夏日野餐可延至晚上九時是居民的最愛。

乾,林木本身也乾,火勢一起就不可收拾,山區有許多豪華住宅,全都付之一炬,也燒死了許多逃避不及的居民、袋鼠和無尾熊。

　　澳洲的樹林容易起火,偏偏喜愛野生環境的澳洲人都愛把房子蓋在樹林裡,享受山林野趣和鳥語花香,可是碰到天火就可能走避不及,造成許多悲劇。這種天火不定時的在雪梨和南澳都發生過,那年我們去南澳的艾得禮的酒區巴魯沙河谷,就看到頭一年天火蹂躪過的林木,一根根燒成焦黑的筆直木幹上,此時春風吹又生,枝頭上已冒出一片片鮮嫩的綠芽,真是驚歎大自然再生的能力!

　　在墨爾本的時間不長,但是經過了完整的一年四季,帶給我們的是長留記憶中一件又一件的驚奇!

和 Nancy 一家人的緣份

（周嘉川）

我們在墨爾本只住過一年，距今又已過了廿五年，可能是出國的頭一年，看什麼事都新鮮，因此樣樣事情都深印在腦海裡，那樣明晰而毫不褪色。

對我來說那就像是我一段新的人生開始，剛剛揮別了電視生涯，我得重頭學習如何過不一樣的生活、踏入一個不同的領域，做一件和以往完全不同的工作。

每一天對我來說，都可能遇到不同的難題，不論是生活上的、工作上的或者是孩子的問題，都要夫妻兩人共同想辦法解決，萬事都得靠自己。

你會深深感覺夫妻真是一個生命共同體，那樣相互依賴、那樣休戚與共。這也就是為什麼我說過，在海外生活的廿年，

在墨城路上巧遇的裸姆南絲，數年後到雪梨來探望智媛，旁為其女克琳

是我們自結婚以來，生活與生命最緊密相連的時候。好像是在彌補我們前十多年各自忙碌、聚少離多的日子。我也更能了解，為什麼許多海外留學生和學人家庭，情願待在海外也不願回國，就怕各自奔忙的壓力，會增加兩人之間的疏離感吧！

新來乍到，第一個要解決的就是住的問題，好友幫我們找到離城區不遠，隔著雅拉河，搭 Tram 只要四、五站就能到的杜拉克區（Toorak），這個區對維多利亞州的人來說，有如鑲在墨城外的一道閃亮銀邊，那兒有一棟棟維多利亞式的華廈莊園，路兩邊是高大成蔭的古樹、有名的餐館和高級時裝店。

我們租的是一對德國移民買下的一戶兩層排屋，可能是準備日後養老居住的。但是因為是邊間面街，又有自己單獨的小院子，感覺上像是單棟的房子，比較有隱密性。全新的房子鋪上厚厚的地氈，屋頂有天窗可以借用日光照明，夏日裡屋內特別明亮。

小女兒智媛在那棟房子裡，從學爬到會走路，想起她倒著從樓上順著樓梯，一拱一拱地快速往下滑，那像草履蟲般有趣的模樣，好似就在眼前。現在她已是步了媽媽的後塵，做了大愛電視臺的英語新聞主播了。

接著是怎麼安頓兩個孩子，因為我很快就要到華航總代理處上班，首先在隔著兩條街的社區小學，讓 11 歲的智婷插班上五年級，在這裡，學校不是要趕不上課業的小朋友倒退一班上課，而是另外為她安排英語課程，幫她趕上進度，讓

孩子減低挫折感，真是一項對外來學生的教育德政。

正苦惱著怎麼為老二找日間照顧的家庭時，就在老大剛進學校的那個周末，一家人走在街上認識環境，正好碰到老大剛認識的新同學艾美麗和她的母親，知道我們急著找日間褓姆，就自告奮勇帶我們去找她女兒小時候的褓姆，只是不知道她現在還做不做？

她帶著我們走了好大一段路，在一棟老式的房子前停下來，出來一位叫南絲（Nancy）的中年婦人，我們把想找一位白天褓姆的來意說明了，南絲遲疑的說，她已經很多年不看小孩了。正在此時一路在嬰兒車裡熟睡的智媛，突然張開眼睛，對著南絲微笑，就這麼一笑，打動了南絲的心，她即刻改口說她可以為我們看顧女兒。我們看著慈祥的南絲，覺得找對了人，真是：「踏破鐵鞋無覓處，得來全不費工夫。」

南絲的先生蓋爾（Guy）當時在一所學校做總務主任，他是來自印度洋島國塞契爾斯（Seychelles）的第一代移民，有一個兒子約翰和女兒克琳，都已長大成人。

他們的房子是在城郊南雅拉區，那種常見的，屋簷鑲著鐵蕾絲圖案的老房子。前面有個小院子，後面有個大院子，都種滿了各種花叢果樹。南絲總喜歡把院子裡掉落的花瓣撿起來擺在屋內一個漂亮的碟子裡，讓滿室生香。

智媛在國外一直是用她的英文名字 Lily，這也是她主播英文新聞所用的名字。在墨爾本這一年裡，Lily 平日裡總是由南絲帶著在廚房裡穿進穿出，而且讓她在地上玩鍋碗瓢盆，即使長大以後她待在廚房裡也覺得自在，甚至於會拿做蛋糕、

點心來減壓，有時不禁想那是她一歲半以前的習慣，難道對一個人的習性真有那麼大的影響嗎？

短短一年的相處，讓我們兩家成了好朋友，我們還參加了約翰的婚禮。克琳也常常帶著 Lily 到社區游泳池去游泳。我們之間的友誼並沒有因為搬離墨爾本而中斷，每次我到墨城開會都會邀請他們一家共進晚餐，他們幾年後也到雪梨來拜訪我們，甚至我們離開澳洲到新加坡又回到臺灣，這些年也年年有賀卡相問候。

和南絲一家人的相處，讓我們見識到老澳洲人的敦厚、熱情和友善。而這些特質也是我們走遍澳洲各大城之後，在墨爾本特別有這樣深刻的感受。記得剛到墨城時，不知道一處有名的商場怎麼去，隨便問路上的一位年長婦女，她看我們是外來人，人生地不熟，就熱情的帶著我們走了好幾條街，一直到目的地才離去，真讓人感動。

據南絲說，廿年前澳洲真是夜不閉戶，他們出門從來不鎖門，也從來沒有小偷，這種情形在我們住在當地的八年間，似乎已再不復見，宵小橫行尤以雪梨最為嚴重。

剛到墨城，一天在周末，突然廚房裡的廚餘自動絞碎機卡住了，到處找不著人修理，最後好不容易找到一位修理工，他表示周末出勤要為痛苦代價加倍收費，叫 penalty charge，那時臺灣還沒有周休二日，讓我們看傻了眼。

這裡真是專業工人至上，請個人來為掛畫釘釘子，一個小時要價澳幣一百元，當時一澳元等於臺幣 45 元，收費之高，讓人咋舌。不過他們真是感覺職業無貴賤，相對的也就

分外敬業。不管做什麼事，售貨員也好、郵局服務員也好，絕對不會唉聲歎氣，高興起來還會和客人寒喧一番，等在後面的長串隊伍倒也不急，靜靜等候，這種優閒，墨城比雪梨更為明顯。

　　住在墨城，每天都有新狀況，讓我們天天觀察外國的生活文化，真是興味盎然！

Toorak 路上的迷人 B.Y.O.餐館

（楊本禮）

　　我還沒有前往澳大利亞出任交通部觀光局駐澳、紐辦事處主任之前，我對「洋酒」的了解，僅限於蘇格蘭威士忌酒和法國白蘭地酒，以及留學生時代學到的雞尾酒調配。因為在民國六十年代的歲月裡，國人喝「洋酒」的習慣，只在這兩類烈酒中轉換。而轉換的原因，並非出自本身對它們真正的了解，而是感受於推銷商們的宣傳造勢，因為喝烈酒的大男人們對「性」這個字特別敏感。當他們聽到 S 烈酒有損他們「雄風」的時候，他們就信以為真，毫不考慮去換喝 B 烈酒。因此，S 烈酒和 B 烈酒都曾在臺灣獨領風騷過一段漫長歲月。我和其它人一樣，在這兩種烈酒的酒海中飄浮了數十載。直到我們舉家遷澳，我才恍然大悟，我對酒的口感，已被烈酒麻醉了二十年光陰，而讓我幡然覺醒的最大功臣，莫過於墨爾本 Toorak 路上迷人的 B.Y.O.小餐廳！

　　我對 B.Y.O.三個英文縮寫字母並不陌生。因為在美國求學的年代裡，做學生的都屬 B.Y.O.族群。只要是出席學生們舉辦的「轟趴」，都有一條不成文的規定，大家都會遵守，那就是「帶你自己要喝的、吃的」（Bring Your Own），簡稱為 B.Y.O.，主人只不過是提供場地而已。到了墨爾本看到 B.

Y.O. 三個字的餐廳卻是生平首見。

我們到了墨爾本定居後不久，選了一個週末，一家四口到 Toorak 路上的一家法國餐廳，聽朋友介紹，那是一家小而美的精緻法國餐館，因為它是 B.Y.O. 的餐廳只負責供應美食而不出售美酒，有肴無酒是一件多麼煞風景的事。於是，坐定之後，我詢問服務人員那裡可以買到酒，他說，出門左轉走十公尺左右，就有一家專門售酒的「酒店」，裡面有很多好酒出售。於是，我一個人去酒店買酒，留嘉川在餐廳裡看菜單。

當我一踏進酒店之後，我才體會「劉佬佬進大觀園」是甚麼回事！酒店裡面全是一瓶瓶的葡萄酒，我在臺灣常喝的烈酒幾乎絕跡。偏偏是我對葡萄酒的了解不多，不知如何挑選好酒去配好菜。在不得已的情況下，我告訴酒店服務人員，說明窘況。他先問我在那家餐廳吃飯，我告訴他那間法國餐廳的名字，於是，他推薦了兩瓶葡萄酒給我，一瓶配海鮮，一瓶配牛排。他說：「不少到那間餐廳吃飯的客人都是買這兩種酒去和菜肴搭配，你不妨試試看。」他的建議十分實用，酒的價位適中，而且跟餐廳裡的海鮮和肉類也很搭調。那是我們第一次體驗墨爾本的 B.Y.O. 餐廳。

在 Toorak 路上，有各種不同的 B.Y.O. 餐廳，除法國外，還有義大利、黎巴嫩和日本餐廳，但中國餐廳只有一家，那是 B.Y.O. 餐廳，還不算是 Take Away 只有外賣而沒有座位。有一次我問那家專做外賣的中國餐廳老闆，為甚麼不開一家正式餐廳，他說：住在 Toorak 一帶的居民，都是懂得吃的

人，如果他們想要吃好的中國菜，一定會開車到中國城（Little Bourke Street）的中國餐館，再者，他本人財力有限，請不起好的廚師，只能靠自己的手藝做一些家常菜外賣。

我們住在墨爾本的時間雖然不長，但 Toorak 路上的迷人 B.Y.O.餐廳幾乎都嚐遍，其中最大的收穫是：讓我有機會認識甚麼是「飲食相配」的精義；從那時開始，我也在學習葡萄酒，每一次到「酒店」買酒，都會不厭其詳地向酒店經理討教一些葡萄酒的基本常識，而那些酒店的經理都有專業素養，態度友善，有問必答。讓我這個葡萄酒的門外漢，獲益匪淺。

其中值得一提的是，為甚麼 Toorak 路上的餐廳都屬 B.Y.O.型態的呢？其中最主要原因是，Toorak 路是屬住宅區，因此餐廳都沒有賣酒的酒牌，而賣酒的酒店也沒有餐廳的經營執照，因此，在「和解共生」的情況下，創造出 Toorak 餐廳的特色。Toorak 路上的房子都是一間間維多利亞古老型式的房子，非常舒適可愛，改變成 B.Y.O.餐廳，不需大費周章，自然而然會給人有一種安逸感（Cozy）。因為餐廳沒有酒牌賣酒，客人的年齡也就沒有限制。常常看到一家大小的澳洲人在 B.Y.O.餐廳裡吃飯，有說、有笑。大人們品酒，小孩子們喝果汁飲料，其樂融融。這也可以說是 Toorak 路上的特色！

每逢週日，Toorak 路上的 B.Y.O.餐廳都會有「香檳早午餐」（Champagne Brunch）特別菜單，菜色精美，價錢公道，一定要預約才會有位子。「香檳早午餐」是指客人自己帶香檳酒，餐廳供應新鮮的橘子汁。要是一家人去吃的話，

大人可以喝香檳加橘子汁（註：澳洲非常流行），未成年人只喝橘子汁。這種吃的方式均以家庭為主，特別是一些家庭到教堂之後再來吃 Branch（早餐加午餐的意思），因此，在穿著上也特別整齊和講究。週日的 B.Y.O.餐廳的服務時間是早上十一點到下午三點，晚間休息。

雖然在墨爾本只有一年，但從 Toorak 路上的 B.Y.O.餐廳中我體驗到澳洲人生活優雅的一面。在餐廳裡，不論是大人或小孩，講話非常溫文有禮，絕對不會大聲說話，而且穿著也非常有品味，即使是舊款的衣服，穿起來也大方得體，沒有一點寒酸的感覺。

離開墨爾本之後，我們舉家遷往雪梨，在往後的八年歲月中，我和嘉川常因出差開會之便，走遍澳洲各大城，但再也沒有發現像 Toorak 路上的迷人 B.Y.O.餐廳，時至今日，雖事隔四分之一世紀之久，但動筆寫起那段溫馨的回憶，Toorak 路上的景色，不知不覺又呈現在眼前。

初試啼聲組旅遊業者訪華團

（楊本禮）

我們舉家從雪梨遷到墨爾本所面臨的立即大事都是和「房事」有關；一是自己的住家，另一則是尋覓適當的地點，開設辦事處；所幸這兩件事很快獲得解決。

按照當初外交部給交通部觀光局的指令是，要我到雪梨開設辦事處，以觀光推廣名義對外，順便發給澳洲人申請赴臺的簽證。在八十年代初，我國只有設在墨爾本的遠東貿易公司墨爾本辦事處可以發簽證。眾所週知，澳洲幅員廣大，申請赴臺的澳人都要透過快遞把申請表格和護照寄到墨爾本，不但浪費時間，證件遺失的事件偶會發生，因而怨聲載道。幾經交涉，終於獲得澳洲政府同意，可以在雪梨設立辦事處，以便分擔墨爾本辦事處的工作量。我們到雪梨之後，因為技術上的問題沒有獲得解決，只好轉到墨爾本，以駐墨爾本遠東貿易公司觀光組的名義對外展開推廣工作。

由於在墨爾本屬臨時性質，找辦公室十分不易。正式辦公室是要簽約，一簽至少是二年以上，而且中途不能爽約，否則罰金伺候。我好不容易在墨爾本市中心區的勃克街（Bourke St.）找到一間空的貨倉型辦公室，因為這間貨倉還沒有人租，物主同意暫時租給我，租約是以半年為期，因為

他也在找適當承租人。這間設在三樓的空貨倉非常大，電梯入口處有一間隔好的小辦公室，裡面只有一具電話，一張桌子和兩張椅子，除此之外，空空如也。既然是臨時性，我就沒有申請設置 telex（註：當時還沒發明傳真機），所有和國內來往的公文都是用郵遞。緊急公文則是用英文寫好，再送到附近電報局發送，至為不便。辦事處是臨時性質，我也沒有請秘書，所有辦公室的事情，從撰寫報告到對外發電，從打掃辦公室到前往郵局寄信和繳費，都由我一手包辦。我體會到一人辦公室的滋味。因為沒有秘書，對外的聯絡和接聽電話，也是每天的重要工作。

我到墨爾本不久，透過嘉川的關係，認識了澳航維多利亞州的業務經理伊安‧卡魯‧瑞德（MR. Ian Carew-reid）。有一次約他吃午飯，其間談到籌組業者訪華團的事，因為我剛到墨爾本不久，對當地的旅遊生態並不十分了解，伊安告訴我，澳洲的旅遊業很流行舉辦「熟悉之旅」（Fam-Tour），方式是國家旅遊局和航空公司合作，聯合邀請十至十二位業者到當地國訪問，來回機票由航空公司提供，食宿交通則由國家旅遊局負責。他建議我可以著手組織「熟悉之旅」，因為對澳洲旅遊業而言，臺灣幾乎是一個「被遺忘的天堂」。

午飯之後，我回到辦公室的第一個工作是草擬了一份英文報告送到電信局用 telex 送回觀光局，徵求國際組的意見，十天之後，國際組組長周忠英回電說：「原則可行，請用中文寫計劃內容，國內公文是不用英文的。」我得到周忠英的

「綠燈信號」（Green Light Signal）後，立刻與澳航和華航接觸，由於那時臺灣和澳洲沒有直通航線，澳航只飛香港或新加坡，從香港或新加坡到臺灣則需轉華航班機。這個意見很快獲得澳航和華航的肯首，於是，「熟悉之旅」的計劃，就在緊鑼密鼓中進行。

如前文所述，因為初到澳洲，對澳洲的旅遊同業認識不多，邀請名單很難著手，最後，我請澳航和華航各提供若干適當人選，以便由我出面邀請。當我拿到名單之後，親自和他們一一聯繫，除了要了解他們的意願之外，還要看他們對促銷臺灣市場的興趣。意願和興趣相結合，才能開創新局。最後結果，有十位業者願參加。（見附圖）

澳洲旅遊業者訪華團於一九八二年11月初成行，我和嘉川分別代表觀光局和華航隨團回國。這是觀光局有史以來第一次接待大規模的外國業者訪華「熟悉之旅」，作業非常細密，這也是我和嘉川首度帶隊回國，每項參訪，都不敢掉以輕心，以防人為的疏忽而造成日後不必要的誤解。

「熟悉之旅」在臺灣的行程一共有七天，在這趟旅遊過程當中，澳洲業者對臺灣明媚風光留下深刻印象。譬如說：當他們到太魯閣的時候，對鬼斧神功的橫貫公路天祥段雄偉景色讚不絕口，因為他們從來沒有在壁立千丈的高峰下的蛇形公路行走過；他們到了梨山，正值蘋果和水梨的豐收季，團員們吃了梨山的蘋果和水梨之後，都不約而同的說，從此不再想吃澳洲的蘋果和水梨了；他們對墾丁留下深刻印象，墾丁國家公園的亞熱帶雨林，讓他們體會自然和人為合作打

一九八二年 11 月初首次邀請澳洲旅遊業者組團訪華，在桃園國際機場受到觀光局歡迎。

業者參觀梨山，他們說，吃過梨山的水果，再也不要吃澳洲的水果了，特別是梨山的蘋果

造的公園，確有其突出的創意，雖然時值十一月，團員們看到海灘上的白色細浪，仍然忍不住要脫掉鞋子，在海灘上漫步，海水有如自然的水療器，讓他們疲憊的雙腳獲得舒解；他們也對臺灣的啤酒和各式美食，讚不絕口。

行程結束前一天，觀光局特別邀請臺灣專門做澳紐旅遊的業者和澳洲業者舉行面對面的座談會，澳洲業者一致認為，阻礙臺灣旅遊發展的最大「天敵」是：國際宣傳做得不夠。如果有好的宣傳的話，相信臺灣的旅遊市場就不會被人遺忘了！時至今日，我們還是看不到有效的國際宣傳。

「熟悉之旅」回澳之後，十個團員都很認真的寫了一份訪華心得和建議書給我，我把他們的內容一一翻譯寄回給國內業者和觀光局參考。其中有一項是他們的共同願望：希望臺灣和澳洲的直航能夠早日實現。因為直航才是促銷的最佳捷徑。

我和嘉川都把直航的建議定為我們在澳洲工作的首要重點。經過漫長八年多的努力，臺、澳直航終於實現。（註：有關臺、澳直航的曲折故事，我會在另外一章詳述。）

澳洲旅遊界聞人約翰‧羅伊

（楊本禮）

　　記得在墨爾本開設臨時辦事處後的第一件事，就是要去拜訪維多利亞州的觀光委員會首席執行長約翰‧羅伊（John Rowe, Ceo, Victoria Tourism Commission）。

　　由於國情不同，我到澳洲之初，澳洲聯邦政府根本沒有觀光部這個機構，直到工黨在一九八三年 4 月的全國大選中取得國會多數而成執政黨後，才有觀光部這個名詞出現。不過，它不是一個獨立的部門，當初叫觀光文化部，隨後又改名為體育觀光部，名稱的變更，完全看情況和需要而定，非常彈性，這可以說是澳洲式內閣制的特徵。

　　我和羅伊第一次見面是在一家名叫翠亨村的中餐館，他很喜歡中菜，因此雖屬初次相逢，但談起話來有若一見如故的知己，無所不談。據他告知，澳洲有一個專門推展觀光的機構，稱之為觀光委員會（Tourism Commission），採委員制，委員則由和觀光有關的各行各業中的菁英出任，然後再選出一位首席執行長（Chief Executive Officer）總攬推廣業務。因為澳洲是一個聯邦制的國家，除外交、國防由聯邦政府處理外，其它事務都由州政府自行處理，對州議會負責。各州的觀光委員會的經費均由州政府編列預算，交由委員會

執行；我也提我國的觀光推廣方式向他介紹，第一次見面可以說是獲益匪淺。羅伊的談話讓我了解到觀光推廣應該是一種彈性的做法，僵硬的政策讓觀光推廣失去活力，也失去了視野。

記得有一次和他吃飯，他知道我是一個美式足球和棒球的球迷，於是，他對我說，等到澳式足球球季和木板球球季來臨時，請我去看那兩種極端相反的運動。前者是緊張刺激的衝撞；後者則會讓不懂規則和竅門的觀眾昏昏欲睡。

所謂澳式足球（Aussie Rule Football），有異於美式足球，和橄欖球的玩法也不一樣。雖然三種比賽都是用橄欖形的球，但球的尺吋大小完全不一樣，規則更是不同。若以肢體衝撞而言，澳式足球可以說是最野蠻不過的了。羅伊第一次請我去看澳式足球讓我大開眼界。記得我在美國新聞研究所唸書時，第一次去實地採訪美式足球比賽的新聞，因為本身對美式足球一片茫然，交採訪作業時，我曾用「一群瘋子來追逐一個橄欖形的球」做為導言。等到我看澳式足球比賽後，我發現前者要比後者「文雅」多了，「瘋子」應該送給澳式足球球員才對。我把這個故事告訴羅伊，他聽後哈哈大笑，他說：「你住久的話，多看幾場比賽，保證你會為它瘋狂。」大約和看澳式足球比賽相隔兩個月之後，羅伊又請我去看木板球（Criket）比賽。他說：「比賽時間非常冗長，如果沒有興趣的話，可以隨時退場。」我們兩人是早上十點進場，比賽已經開始。他說：「這是英國式的『紳士棒球』，在場球員動作非常優雅，可以慢慢欣賞。」球賽進行到中午，

不少球迷到球場的餐廳吃澳洲餡餅（Meatpie）和喝啤酒，球迷們有說有笑，好像對進行中的比賽不太關心；誰勝、誰負，對他們而言並不重要。我好奇地問羅伊這是怎麼回事？他說：「這就是木板球的特質！」他說，木板球比賽分三個層次，最高檔的是國際比賽，其次是國內比賽，今天看的是州隊比賽，因此，球迷們是以消磨時間為主，球隊的勝負並不重要。幾杯啤酒下肚，再回到球場看球時已有「睡意」，羅伊對球賽也提不起興趣，於是，我們離開球場。在送我回家的車上，羅伊問我對木板球的看法，我說：「我可能這一輩子都不會成為它的死忠球迷！」他說：「很多非大英國協會員國的人都和你持有相同的看法！」國情不同養成不同的嗜好，這是沒有辦法改變的事實！

　　我在墨爾本不到一年，就奉命遷往雪梨，隨著工黨政府執政，成立文化觀光部，聯邦政府為了加強澳洲對外觀光推廣，總部設在坎培拉的澳洲觀光委員會，統籌聯邦政府對外推廣業務（Australian Turism Commission, ATC）；羅伊應聘出任聯邦觀光委員會的首席執行長，由於職務上的需要，他成為 PATA 的澳洲籍常任理事。我和他見面機會也就隨著出席 PATA 會議而增加。

　　記得一九八五年 PATA 常任理事會在西澳省首府柏斯召開，我接到觀光局的指令，代表我國觀光局局長虞為前往出席。在柏斯，我和羅伊見面，這是他出任新職後的首度碰面。兩人交談甚歡。在那次會議期間，發生中共申請入會的事，但中共卻提出要我國改名為入會的先決條件。會議在冗長的

辯論之後進行表決，輪到大會主席蔡永寬唱名到澳洲時，羅伊表示，一切照章辦理（Play By Book），弦外之音是不同意中共先決條件入會的要求，表決結果，我國以兩票險勝。事後，蔡永寬問我：「你和羅伊怎麼會有這麼好的交情？」我說：「一切都是緣份！」

　　我從澳洲調到新加坡之後，每逢 PATA 開會，都會和羅伊見面，而他的太太蘇珊，也成為嘉川的好朋友。我在駐新加坡期間，只要是羅伊夫婦經獅城轉往別地開會，我們四個人都會小聚，談談別後和一些特別開心的事。

　　公元二〇〇一年，PATA 在吉隆坡召開成立五十週年慶大會，羅伊也特別從雪梨前來出席。老友相逢特別高興，他告訴我說，他已從澳洲聯邦觀光委員會中退休，這次是以PATA終身會員身分前來出席金禧慶典。太太蘇珊因為身體不好而沒有隨他前來吉隆坡。我告訴他，我也要在二〇〇二年退休了！他聽後用略帶感觸的口吻說：「讓我們合影以作為長期以來為 PATA 所做出的貢獻留為紀念吧！」（見附圖）

　　金禧會後，我和嘉川參加大會主辦的旅遊前往沙巴訪問，羅伊則飛返雪梨。臨行前我們在旅館門前分別等候大會的接送車輛，我和嘉川和他握手告別，互道珍重。我和他的交往，花開花落，屈指算來也有二十年之久了！我在墨爾本居留時間不長，但和羅伊卻成了莫逆之交，這也可以說是我駐澳期間的最大收穫！更可以說是一種機緣！

作者楊本禮和澳洲旅遊界聞人約翰‧羅伊在吉隆坡舉行的
PATA50 週年慶正式晚宴前合照。

拜會華航總代理，從此展開新工作

（周嘉川）

　　一九八二年 5 月我們把家安頓好後，立刻開始各人的工作，本禮找好了辦公室，我也找到中華航空公司當時的澳紐總代理 Jetset Tours，那是由一位猶太裔李布勒（Isi Leibler）開的澳洲最大的幾家旅行社之一。

　　Jetset Tours 的總部就設在墨爾本市中心最熱鬧的柯林斯街（Collins Street）上。從我們住的近郊杜拉克區乘單軌電車（Tram），只要五、六站就到了。它有自己的一棟大廈，十分氣派搶眼。

　　見過了李布勒先生和公司幾位重要負責人員，也參觀了公司的設備和作業流程。李布勒看來有猶太人的精明、幹練和傲慢。他告訴我，他們代理了五家非直航的外國航空公司，在澳洲設代表的只有美國航空和現在來到的華航代表。那一年我的辦公室就設在美國

作者周嘉川在華航總代理的辦公室

航空公司代表梅格的隔壁。

　　沒有買車以前，每天早上我和本禮一起搭電車到城裡上班，中午我會從柯林斯街穿越電車車道，走過兩個路口到本禮在勃克街（Bourke St.）上的辦公室，一路上流覽兩條主街上的精品名店，和隨四季變換的自然景觀。

　　墨爾本是澳洲目前唯一保留古式電車的城市，兩百年來一直是城區和近郊來往的主要交通工具，因為它有十分寬闊整齊的主街，最少卅公尺寬，而且十字路口之間都有兩百公尺長，和汽車行駛可以並行不勃。也因為有電車，使得墨城的交通規則也和其它地方不同，那就是在有電車的道路上，行人和汽車必須遵行四方轉，一般通行的「行人優先」變成了「電車優先」了，不過街道上倒是看起來井然有序，也變成了墨城的特有景觀。

　　墨城的開發不是漸漸成長的，它是在一八五一年發現金礦之後，一夕之間迸發出來的一顆閃亮明星。那時哥德式的華廈，在市中心一棟棟的蓋起；維多利亞式的大宅，也在杜拉克區紛紛出現；城市的規模在那個年代就已建立完成；街道旁種滿了英國落葉木，隨季節變換風貌；金礦帶來的富庶，使它成為澳洲的金融和社交首府。而墨城存留至今的古式電車、哥德式的華廈和高大的落葉樹，就像上了年紀卻依舊散發出高貴優雅氣質的貴夫人般吸引人們的目光。

　　在澳洲如果有人問，你比較喜歡墨爾本還是雪梨？我通常會說兩個都喜歡，墨爾本有濃濃的歐洲風味，而雪梨則是一個有特色的國際觀光都會。後來才知道你千萬別說那個城

比另個城市好，因為在歷史上兩城各別繁榮、也相互競爭，還曾經為爭取成為首都而相持不下，最後只好選在兩城之間的沙漠綠洲上，蓋起了一座人造的首都坎培拉。

到了六月，天氣轉冷來到了冬季，我們常一起到附近買份三明治，有時回本禮辦公室，泡杯牛肉清湯將就著吃（註：因為只在墨城待一年，設臨時辦公室，就未能請祕書，這一年他是公司內外業務一腳踢。）；有時也會選家附近小店用餐，我們最喜歡喝碗濃濃的豆子湯，喝完全身都暖和起來，再吃一個牛肉片加洋蔥的熱三明治，覺得真是享受極了，到現在想起來還覺得回味無窮。吃完午飯，我照樣安步當車，再循原路走回柯林斯街我的辦公室。

對一個沒有當地航線的外國航空公司而言，我們能期望總代理的也就是，它能在公司各團體遊程機票中使用我們的各航段，當然績效不會太好，因為他不會為你一家代理航空做行銷和推廣。華航請我做澳紐地區的業務代表，最大的期待除了是監督總代理，努力拓展業務外；也包括推展公司形象。

我在台視的工作一直做到出國的前一刻才停止，自己也知道本身是個天生的職業婦女，只要有工作的機會絕對不輕易放過。好在獲得華航業務代表時，距離出國還有半年時間，正好趕上了華航開辦的票務和其它相關業務的訓練課程，讓我有了清晰的概念，知道該怎麼做監督總代理的工作。當然我知道該學的事還很多，我就是抱著從工作中學習，從學習中獲取經驗的態度，最終也從學習中獲得成就和快樂。

人說「見面三分情」，公司有代表來看著，總代理多少要努力配合推動。那些年我雖然第二年搬到雪梨在總代理的雪梨辦公大樓上班，但是定期還是會到墨城和總代理開會，和主持各項業務推展活動。活動地點常是選在當地的著名景點，在墨城的雅拉河上和在雪梨的港灣遊艇上都舉行過，每次也都得到旅行業界的注意和重視。不過當時心中已深切了解，如果沒有直航，只依賴總代理插用一些航段，業務開展的效果畢竟有限。

在當地的旅遊協會年會中我們認識了澳航維吉尼亞州的分公司總經理哈地（Bob Haddie）和市場經理（Ian Carew-Reid）卡路瑞。八〇年代，正是「臺灣錢淹腳目」的歲月，澳航當然也看到了臺灣觀光市場的潛力，對我們提出的合作計劃包括通航也都表現出莫大的興趣，我們和卡路瑞的友情也就是在這種情境下順利建立起來。

卡路瑞的太太是名小兒科醫生，有三個可愛的女兒。我們常請他們一家吃中國菜，他也邀請我們去他家作客，五個小女生玩在一塊兒。有時我也會帶小女兒智媛去讓他太太看病。他們兩夫妻都長得非常斯文而有教養，卡路瑞更推薦我大女兒智婷進當地有名的天主教學校 Loreto 就讀，以後我們到雪梨，也憑這層關係，在智婷小學畢業後順利進入雪梨的 Loreto 天主教中學。在澳洲一流的中小學多半是私立的天主教或基督教學校，智婷後來更考上了著名的雪梨大學，她常常懷念 Loreto 中學六年的嚴格教誨。

那年春天，也是臺灣的深秋，當時的華航董事長司徒福

夫婦到紐西蘭開會，順道到墨爾本考察，我就請卡路瑞一同
接待他們，陪他們打高爾夫球，請他們在中國城最好的中國
餐館晤談。司徒董事長看到我們和澳航經理人員水乳交融的
友誼，就交付一個促進兩地直航的任務。他還告訴我們，華
航在其它地區要直航，常常必須以購買對方昂貴的飛機做交
換，真是吃足了苦頭，如果在澳洲有機會直航，他們著眼的
是市場，是個兩利的交易，值得我們努力爭取。從此我把推
動直航納入工作目標，全力以赴。

　　可惜後來卡路瑞不願調離墨城，離開了澳航，自己開設
旅行社並擔任南太平洋某一家外國航空公司的代理，我們後
來也搬離了墨城，就這樣斷了連絡。好在澳航維州總經理哈
地不久後從維州調來雪梨所在的新南威爾斯州分公司任總經
理，讓直航的事不致於斷了線，這些都是後話，等日後慢慢
道來。

和華航總代理部內同仁在雅拉河上舉辦推展酒會。

墨爾本餐飲界奇人劉炯照

（楊本禮）

　　劉炯照是墨爾本美輪餐廳（Rickshaw Restaurant）的老板。餐廳面積雖然不大，但是做出來的菜肴卻是一等一，經常高朋滿座。前來美輪餐廳的吃客，都是屬高檔次的老主顧，他們吃的品味非常精緻，至於稍為偏高的價位，並不在考慮之列。

　　我第一次和劉炯照見面是在他的飯店；那次是我國駐墨爾本代表陳厚佶在那裡請客，邀我作陪。由於當時我國駐墨爾本代表處同仁都不會講廣東話，而海外僑胞卻以會不會講廣東話來分親疏遠近。這雖然是一種狹窄的地域觀念，但自大清帝國以降，海外華僑都是以語言來區分「關係」這種古老的保守遺風，也就沿習下來。陳厚佶看到劉炯照後，第一句話就說：「今天介紹一位本館唯一會講廣東話的新來同事給你認識，以後不要再抱怨我們沒有會講同鄉話的人了！」

　　劉炯照一聽，眼睛一亮，馬上用廣東話和我聊起來。他的目的除了考考我是不是真的會講同鄉話之外，還要看看是不是「知音」。於是，我用流利的廣東話回應。劉炯照話匣子一打開，聊個沒完。最後，他興緻勃勃的說：「陳代表，今天這頓飯我來作東！」陳代表大概和他很熟，隨便回了一句說：「這樣子臨時作東不夠誠意，應該擇日下帖邀請才

對！」劉炯照爽快答應，並對我說：「老鄉，下次我作東，請你務必賞臉！」隨後補充一句說：「若有家眷，請一起光臨！」我和劉炯照的友誼就這麼建立起來！

有好幾次我和他聊天，我發現他並不是一個只會開餐館的生意人。他的英文雖然不太流暢，但他的漢學根底非常紮實，講起話來引經據典，一點都不像是一個不通文墨的人。

有一次，我在他餐館請幾個朋友吃便餐，餐後他留我下來喝茶，正在喝茶的時候，我國派駐澳洲的新聞局代表雷震宇來找他，說是有事相請幫忙，於是正好告退。不過，劉炯照說：「都是自己人，不用見外。」我只好留下來。原來，雷震宇是來找他捉刀，因為他對寫中文報告根本一竅不通。雷震宇是 ABC（澳裔華人），從小受英文教育，雖然會講唐話（廣東話），但要用華文寫報告卻非他的本行。大約經過半小時的字斟句酌之後，一份洋洋灑灑的報告也就完成，我對劉炯照的漢學又有了一番新認識。

據劉炯照告知，自中華民國和澳洲斷交之後，經過多年的努力，澳洲政府同意我國用遠東貿易公司的名義在墨爾本設立辦事處，但對我國新聞局想在墨爾本設立辦事處的申請，一再否決。最後，新聞局只好就地取材，以應徵的方式聘請了雷震宇負責新聞局在澳的業務。劉炯照打趣說：「自從老雷當官之後，我也就跟著忙起來！！」

八○年代初期，大陸為了要發展經濟，也就開始派人到海外取經，廚藝也是其中之一環。有一次劉炯照告訴我說：「不久前，有一批大陸年輕廚師由四位老廚師帶領前來墨爾

本觀摩學藝，也曾經到美輪餐廳見習。」其中談到烹調魚翅這道菜，劉炯照發現，那群年輕人連魚翅是甚麼樣子都沒有見過，也沒吃過，換而言之，烹調手法也就無從談起。劉炯照也發現，那四位老師傅只是冷眼旁觀，不插一言。原來那四位師傅歷經文革的慘痛經驗，清算他們的都是他們的徒弟。他們對劉炯照表示，現在一切由年輕人自己「搞惦」，免得再來一次文革，他們又變成被惡鬥的對象！

我在墨爾本雖然只住了八個多月，但和劉炯照卻變成無所不談的好朋友。我們遷到雪梨之後，只要有機會到墨爾本，總會到美輪餐廳敘舊。因為它的菜款均屬上選，深受澳人欣賞，我在擔任東亞旅遊協會澳洲分會長期間，只要是到墨爾本開會，一定會到美輪餐廳請澳洲媒體和旅遊業代表餐敘，每次都賓至如歸，順利完成集體推廣的任務。

記得有一次海工會主任鄭心雄（現已過世）前往墨爾本主持三民主義大同盟大洋洲分會會議，我和嘉川由雪梨前往出席，那一次劉炯照在會上發言，字字鏗鏘有力，而且言之有物。最難得的是，沒有事先準備好的講稿，可以說是出口成章。他的表現，給鄭心雄留下深刻印象。會後，鄭心雄告訴我，他出席過不少次的海外會議，聽過不少海外代表演講，劉炯照的表現，可以說是無人能出其右。（註：大洋洲會議臺上的兩幅對聯，就是出自他的手筆，見附圖。）

一九九〇年中，我接到調職命令，是年年底前要到新加坡出任新職。那年９月，劉炯照從墨爾本打電話到雪梨給我，說是要為我送行，並請我和嘉川務必賞光。他還說請一些好

友作陪。到墨爾本的時間由我決定。他的一番盛情，我是絕對不能推的。於是，我和嘉川就在 9 月下旬飛到墨爾本出席他為我們安排的惜別宴！

那的確是一場別出心裁的晚宴。其中最讓我感動和不安的是，他以七十高齡，親自下廚煮了兩道菜，一道是菜膽鮑翅，一道是清蒸海鱸，同桌的僑務委員曾積告知：「你的面子真大，老劉（他們老友之間的稱呼）已有十幾年沒有下廚了，這兩道菜是他以前的拿手絕活！」劉炯照的大兒子史帝芬說：「我的父親十分佩服你，他親自下廚做菜，也讓我們吃了一驚！」

人之相交，貴在知心！我想，我和劉炯照的一段深厚友誼，就建立在這八個字上吧！

劉炯照不但漢學根底深厚，而且寫得一筆好的漢字，他自撰、自寫的對聯
「四海同心高擎三民光禹甸，五洲攜手弘揚道統興中華」

丹迪農的鬱金香花圃和英國下午茶

（周嘉川）

　　墨爾本的住家都是單棟的房子，他們稱house，房子不一定很大，但是卻有寬闊的庭院，家家種花蒔草。春天一到，各種花朵陸續綻放。先是木蘭花和梅花，然後是各種小草花。如果開車從花園一個接一個的住宅區行過，真有看不盡的似錦繁花。

　　春天在墨城想看花還有一個好去處，那就是到只要一小時車程的著名風景區丹迪農山巒（Dandenong Range），看那覆蓋山坡綿延數公頃的鬱金香花圃，淡雅濃艷的花海各具風采。

　　丹迪農說起來它的山並不是很高，大約 630 呎高，但是高低起伏的山巒綿延兩萬五千英畝，涵蓋了豐盛美麗的自然生態。這裡滿佈峽谷、溪流和原始森林，野花滿山遍野，野生蘭花就有數十種，更能看到澳洲特有的琴鳥（lyrebird尾鳶長長的展開如豎琴一般而得名）和小型的有袋動物（oppossum）。

　　最早到來的是伐木工人和開墾者，由於距墨城很近，丹迪農長久以來也就成了墨城市民的最愛，他們喜歡假日來釣魚、爬山、騎馬，或者什麼都不做，只是去看看風景也好。

也有不少藝術家和詩人墨客、政界和商界聞人，在山林中蓋了豪宅，到此地退休或暫時從戰場退下，到這裡來休養生息。

知道丹迪農有許多大型的鬱金香花圃，還是因為初來時曾住在在王恩禧家，看到他牆上掛了許多在鬱金香花圃前拍的照片，當時他一本正經的告訴我們，那些都是在荷蘭拍的。到了春天，有朋友帶我們去丹迪農遍訪山區的鬱金香花圃之後，才恍然大悟原來美麗的鬱金香花圃就在墨爾本附近。

這些花圃占地都很寬廣，進到園裡，放眼一看一片花田，紅的、黃的、粉紅的、桃紅的、紫色的，一個個區塊，躺在田地裡，真是萬紫千紅、美不勝收。但是花朵開放仍有先後，有些區塊正在盛開、有些才含苞待放、還有些已經採收，田中剩下切花之後的斷枝。

這些私人鬱金香花圃有大有小，我們看過一個又一個，整天就徜徉在那一片片的鬱金香花海裡。丹迪農山區還有許多有名的私人花園，也各有風采，透露了主人不同的的風格和巧思，也才真教人賞心悅目。

去丹迪農賞花時，在山路旁看到許多小小的茶食鋪，不少遊客坐在屋內外，享受午後的春陽，一面品茗香味沁人心肺的英國茶、配著特別的英國傳統點心，在鳥語花香中和同去的人談心。我們是從那時開始才懂得喝英國茶。

老牌英國茶唐寧茶（Twinings）的總經理有一年到澳洲來演講，讓我對英國茶稍有認識。他告訴我們喝英國茶最好是只喝原味，其次可稍加牛奶，最壞的是加糖，從那之後我喝茶絕對不加糖，果然風味不同，最能品茗不同的茶香。

維多利亞省丹迪農的鬱金香花海可以比美荷蘭的花田

他還說，在一天不同的時間要喝不同的茶，他建議早午之間可以喝大吉嶺茶（Darjeeling Tea）、下午喝伯爵茶（Earl Grey Tea）、 晚上正式晚餐後可選擇濃香化食的茉莉花茶（Jasmine Tea）。

唐寧茶一向是英國王室的最愛，這家公司還特別為王室製作了威爾斯王子茶、女伯爵茶，人們可以依個人喜好和情緒來選用。

澳洲是個新移民國家，早年有「白澳政策」，移入的以歐洲移民為主，也帶來不少歐洲經典的生活文化，飲料中像義大利的卡皮奇諾咖啡，也很普遍，但是老一輩的澳洲人，還是保留了英國人的喝茶習慣。我們到澳洲人家裡作客，感覺他們還是喜歡以茶待客。

有時到銀行辦事，發現他們多半在上下午各有一個喝茶時間，叫 tea break，上午大約十點半，就看見工作人員把一個放茶和點心的推車，推到銀行對外服務的辦公大廳，櫃臺人員就分批放上暫停服務的牌子，喝茶去了。

也是在丹迪農，第一次吃到英國人喝茶最愛的茶食小圓餅 Scone，介於糕、餅之間，吃的時候把半鬆的小餅切開，塗上牛油、泡沫奶油和各式果醬。看似簡單的茶點，吃起來卻有悠閒和幸福的感覺。後來我也學著做蛋糕，才知道要成功做出好吃的 Scone 並不是那麼容易，得要長久的經驗和手感才能拿捏得準。在風光明媚的丹迪農山林，這樣悠閒的喝一壺英國茶，真是莫大的享受。

可惜的是那年夏天，天氣出奇的乾旱，溫度常常高達攝

氏 40 度，又有沙漠焚風，有一天突然丹迪農森林失火，火勢一發不可收拾，延燒十多天才熄滅，數十棟林中木屋一時盡成灰燼。雖然澳洲森林再生能力很強，要恢復舊觀還是不很容易，只是那以後我就再沒去過丹迪農，不知它的鬱金香是否還如常盛放。

茶香清雅，在澳洲八年半，也讓我們愛上了英國茶，一直到今天我們還有喝英國茶的習慣。每在喝英國茶的時候，也總讓我們回憶起在墨爾本丹迪農喝英國茶的景象。

Melbourne Cup 南半球最大的賽馬盛會

（周嘉川）

到墨城不久，就聽說 Melbourne Cup 是南半球最大的賽馬盛會，在這以前我從來也沒看過賽馬，只在「窈窕淑女」的電影裡看過，本禮倒是在北婆羅洲工作和在美國留學時看過兩場賽馬。

當我們業界的朋友國泰航空駐維州經理 Tim Acton 提議邀請我們到貴賓席看著名的墨杯賽馬大賽，真讓我興奮不已！興奮過後卻又生煩惱，我該穿什麼衣服去呢？因為聽說越大和越傳統的賽馬會，去看賽馬的女仕們越注重穿著，而且是越盛裝越好，當然我並不想去和人爭奇鬥艷，但是為了表示慎重，還是穿著我們的禮服短旗袍去吧！

Melbourne Cup 是南半球每年十一月第一個星期二，春天最大的一項活動。賽馬場就在雅拉河底的弗萊明頓區（Flemington），Tim 特別叮嚀不要開車去，因為路上一定很擠，再來在包廂裡有喝不完的香檳，喝多了就不能開車了。而後來才知道賽馬場外的停車場裡還有另一場盛會。

還記得那天春光明媚、陽光普照，我們乘車沿著雅拉河走，一路上已是擁擠的車陣，放眼一望河中也塞滿了私人遊

艇，都是向著賽馬場的方向行進，更有人開著大型休旅車和拖車載著一大票人和食物，興高采烈地歡唱高歌，我感覺這不僅是場賽馬，說它是場嘉年華會，也許更為貼切吧！

當我們經過和跑道平行的露天停車場時，發現裡面停滿了大小車輛，這時已有很多車主打開後面車廂，架起野餐桌，上面擺滿了香檳和三明治等野餐食品，仕女們的服裝真的是爭奇鬥艷，特別是別出花樣的帽子，現場還有帽子比賽，旁邊是飲酒作樂的觀眾，一邊喝香檳、一邊欣賞讓人目不暇給的美女和時裝，儼然是另一場盛會。

停車場裡許多人都不是為來看賽馬、賭馬的，目的只是來參加宴會，喝酒、交際和看熱鬧，有些人可能根本不進賽馬場，最多看看自己帶來的電視賽馬轉播，但是他們認為自己已參與了澳洲最大的一場賽馬盛會而感到驕傲。

比賽從下午兩點開始，一共有十場賽事，「墨杯」3200公尺賽，多半安排在最後算來第三場比賽，那才是觀眾矚目的焦點。如果說比賽三分鐘，全澳也全部停擺三分鐘，真是一點不為過。這一天是維州的公定假日，其它各州雖不放假，在辦公室的人也心不在焉，大家圍著電視機看大賽，也可以在當地的賽馬場下注，真正是全民一同，好不熱鬧！

3200公尺算是世界最長的賽馬，一場比賽下來常能集注澳幣上千萬元，如果買中了爆冷的黑馬，賠率可能是十多倍到數十倍不止，常能讓人一夜致富；如果買中的是熱門馬，可能只有一比一的賠率，弄不好可能還賺不到錢。我不懂，或許賭馬的刺激就在這裡吧，有太多的不可知，也有太多的

驚喜和失望！

　　賽馬場的看臺，建築的正中間有三層，下面兩層是一般觀眾的看臺，最上層用玻璃圍幕隔開，裡面是貴賓室的包廂，我們就是受邀在貴賓廳觀戰和下注。三層看臺的兩翼還各有兩層寬闊的看臺，還有不少人是站在跑道旁邊更近的距離觀賽，當天只看到人山人海，擠滿了賽馬場，不過可能是自從有電視畫面後，現場拿望遠鏡的人已不像想像中多了。

　　我們在貴賓廳中觀看比賽，也隨意下下注，平日沒有研究馬經，只好看名字隨興下注，馬的名字真正千奇百怪，只有亂矇了。再不然就喝喝香檳作壁上觀或流覽一下電視上在空檔時刻轉播的場外時裝比賽實況，只要你敢秀，越是反傳統、奇形怪狀的式樣，越能引人矚目，也越能占上第二天的報紙版面。這些場外秀，在世界其它地區都是很少見的，也更襯出墨爾本杯賽馬的多彩多姿和隆重盛大。

　　十場比賽中，除了「3200公尺墨杯賽」以外，其它各場比賽距離都比較短，在環形的跑道中，不管距離多少，終點站永遠在固定的地方，各場的起跑地點則各有不同。

　　每場比賽開始前，每匹賽馬都會由騎師騎著、再由馬主牽著，到場邊的小花園走一圈公開亮相，也透過電視鏡頭讓觀眾相相馬，再決定要下那匹馬的注。之後就由馬師騎著到跑道上的比賽柵欄內，只等槍聲一響，閘門開啟，眾馬飛奔而出，這時你就會聽到觀眾大聲呼喊。

　　賽馬會也同時播放播報員的現場播報實況，它不同於一般的體育球賽的轉播，因為實況激烈就在那分秒之間，當馬

一出閘，播報員聲音由高而漸次加溫不斷加高加快，有它特殊的音調和頻率，猶如灌熱開水壺，由低而高、由快、再快到更快。一直到最後分出勝負，冠軍馬衝過終點線，全場觀眾和著播報人一同響起驚天動地的呼喊。此時下對了注的人驚喜若狂；沒下對的人則是一臉的沮喪。

墨城賽馬會，熱熱鬧鬧的舉行，對我這個外行人來說，只能說是來開洋葷、看熱鬧；內行人才能看出門道。對停車場開轟趴（party）的人來說，是場盡興的遊樂，喝香檳、吃野餐、大膽秀時裝的嘉年華會，既使傍晚賽馬會已經結束，他們的社交宴飲可以一直喝到晚上七時才結束，當然有很多人已爛醉如泥。

對參加場外嘉年華會的人來說，比賽結束了，仕女們又要為明年的墨爾本杯賽馬，該穿什麼衣服開始傷腦筋了。因為墨城有 Melbourne Cup，也讓墨城傳統做女帽和搭配時裝的行業歷久不衰，他們還會為顧客舊帽翻新，設計裝飾後又是一頂花樣獨特的新帽子。

那年的賽馬會是那匹馬奪得墨爾本杯，我已記不起來了，記得的就是冠軍杯的騎馬師一夕成名，馬主是位女士也抱得巨額的獎金，笑逐顏開的牽著冠軍馬與騎師合影，大談她如何慧眼獨具，選馬養馬的心得和冠軍馬的血統及習性。

Melbourne Cup 從西元一八六一年就開始舉辦了，自此而後，澳洲全國在每年 11 月的春陽裡，必定為她停擺三分鐘！

在菲立普島上看小企鵝行軍

（周嘉川）

墨城所在的維多利亞州是澳洲大陸最小的一州，可是卻有最豐富的地理形勢，北面有一條姆瑞河，東南有艾爾帕山脈和沿坡而下的沼澤地，南邊是長長的海岸線。

十九世紀初的淘金熱，不只讓維州從新南威爾斯州的轄下獨立出來，也讓墨爾本成了澳洲最富有的城市，即使現在州內還保留了不少淘金古城的遺跡，只可惜我們只在墨城住了一年，沒有辦法全部走到。

早就聽說在墨城之南的菲立普島（Phillip Island）上可以看到小種企鵝在沙灘上行軍，是只有此地才看得到的獨特自然生態。我們於是選在十一月南半球春末的一個週末，決定要去菲島拜訪小企鵝。

因為不認得路，我們到當地著名的麗晶酒店搭乘遊覽車，參加旅行團到那荒郊野外的菲立普島上去，一方面有人導覽，想來也比較安全吧！

墨城位於菲立普灣的頂端，海灣呈圓形的環抱形態。車子沿著墨城東邊的海灣，一直向著海口開去，大約開了兩個小時，就到了海灣背面的菲立普島，只見一片荒蕪，島上完全沒有建設，有的是高低起伏的荒山野地。

　　時近黃昏，車子才開到一處有矮樹叢和雜草的岩石海灘，那就是小企鵝生活的夏地海灘（Summerland Beach）。但是我們卻看不到一點生物的足跡，正在納悶那有小企鵝的蹤影呢？

　　導遊這時才慢悠悠的告訴我們，小企鵝要等天黑盡了才會浮海而來，他還告訴我們不能用閃光燈怕驚擾了小企鵝，到時候觀望臺上會打上探照燈，一定讓大家都看得到企鵝行軍。

　　當時雖已時近春末，可是菲立普島向著南極，此時迎面吹來的是冰凍的刺骨寒風，旅行社為我們準備了毛氈，只見每個人都把毛氈緊緊裹住頭臉和全身，仍然止不住的直打哆嗦，真覺得是分秒難捱！

　　看臺離岩灘很遠，九時不到，終於響起一片歡呼聲，只見遠遠的岩灘接著海面的地方一隻隻小企鵝冒了出來，每一隻最多不超過30公分。上了岸的企鵝忙著甩下燕尾服上的積水，等企鵝小隊的數目齊了，這就排著隊伍，向著岩灘頂端的石塊走去，一直到不見蹤影為止，準是回到牠們自己的窩裡去了！

　　岩灘的範圍很大，前前後後我們看到不少隊小企鵝，都是同樣的冒出海面、抖抖身子、整理隊伍，然後面向遊客的方向行軍，因為天太黑、企鵝太小，我們看不到企鵝在海面浮游的樣子，一定得等牠們一隻隻上了岸，才看得見牠們的身影。

　　感覺好像不知道小企鵝是怎麼來的，燈打的範圍並不是

很大，也不知道到底有多少隊企鵝在那個岩灘上了岸，因此人們看到的不會是大批企鵝的壯觀景象，但是還是會為這奇妙的自然生態景象著迷。只聽旁邊有人說：「小企鵝真的像穿著燕尾服呢！」、「牠們怎麼會排著那麼整齊的隊伍呢！」，這時大家似乎已忘了那刺骨寒風，一直等到再也沒有小企鵝行軍的身影後，才意猶未盡的起身跑向遊覽車裡。

在墨城第二次看到海，是來年一月的盛夏時分。經過了菲島看小企鵝的旅程後，我以為墨城的夏天一定不熱，一直到那天墨城刮起火熱的焚風沙後，我們才見識了當地盛夏酷暑的威力，也因為熱才知道維州人夏天最愛去海灘游水和衝浪，著名的沙灘沿著菲立普灣一個接著一個，夏日裡總是擠滿了人潮。只是這裡夏季不長，每天也只是中午時熱兩個小時，早晚還是頗有涼意的。

帶我們看墨爾本盃賽馬的國泰航空維州經理提姆，有一天對我們說，他的女友在海邊有一處叢林度假屋，建議我們週末去度假消暑，因為這是維州人最愛的度假方式。

那天本禮開了一個半小時車，帶著我們一家大小，到菲島東岸頂端，來到提姆女友的那間叢林度假屋。那屋子真是蓋在一片樹林裡，而且全是由加利樹，葉子已飄落滿地。住在樹林裡，聽鳥鳴、看野花、在林間散步，充滿野趣。

還記得當我們在事前告訴一位當地旅遊雜誌的記者瑪格利特，要去 Port Sea 度假時，她特別叮嚀不要去那兒的 Cheviot Beach 海灘游泳，因為那兒海浪洶湧、岩灘崎嶇，以前一位澳洲總理霍特（Harold Holt），就是在那裡消失不見的。

　　她還告訴我們說，霍特是在前一任總理曼西斯退休後，以副總理的身分繼任為總理，時間是一九六六年初。澳洲移民局行之有年的「白澳政策」，就是在他任內去除的，他也除掉另外兩個歧視土著的法案，特別難得的是他還是保守的自由黨領袖，只可惜他只做了兩年不到，就發生在海灘潛水慘遭滅頂的事故。

　　事情發生在一九六七年 12 月 17 日，霍特在 Port Sea 有一間度假屋，他像往常一樣，喜歡到附近的 Cheviot beach 海灘游泳，而且喜歡不穿潛水衣的體能潛水，越是風大浪急他越高興，那天在旁邊的一位女士說，只看到霍特的頭向上伸了一下，然後一個大浪捲來，就再也沒有看到他出現，好像一片葉子被沖走一樣那麼快速，是發生在一瞬間的事。

　　救生直升機和救生艇搜尋了五天，一直找不到霍特的遺體，澳洲政府只好在第五天舉行追悼儀式。之後也有各種傳言，甚至有一說他並沒有死，而是被第三勢力用潛艇綁架走了，因此霍特的死始終成謎。

　　我們去度假時，在傍晚時分，穿過樹林，就來到了那個海灘，那時已是夏末時分，只見沙灘一片冷清寂靜，了無人煙。海邊盡是嶙峋的怪石，風高水急海浪翻滾拍岸，激起尺高的浪花，像個窮山惡水的荒野之地。

　　我們始終不明白為什麼澳洲人那麼喜歡把屋子蓋在樹林裡，特別是由加利樹，天到旱時會自然焚燒。就在我們去度假之後的一星期，整個丹迪農山區發生大火，燒掉了成片在樹林裡的豪宅，澳洲旅遊局長 John Row 的房子也在那次大火

中燒成灰燼。

樹林 bush 早已是澳洲人生活的一部分，只要看和樹林有關的字句有多少就明白了。如 bush fire 森林大火、bush house 森林小屋、bush hat 森林帽子、bush salute 森林行禮、bush coffee 森林咖啡、bush tea 森林茶。

談到 bush hat 森林帽子，本禮說起一段往事，當時他在高雄擔任中廣臺長，前高雄市議長吳鐘靈，知道本禮要到澳洲工作，就告訴他的親身體驗。他前不久才去過澳洲開會，有一天在森林中吃烤肉，發現前面有位先生明明是穿著一件白襯衫，怎麼背上沾滿黑呼呼的一片，走近一看原來是沾滿了許多蒼蠅，不過他說澳洲的蒼蠅都是洗過腳的，沾過的東西吃了沒病。

當然他的話有些誇張，但是我們到了澳洲以後，有次到一個原是牧場改的高爾夫球場去打球，確實看到蒼蠅沾滿著我們的球衣上，那大頭蒼蠅叮起人來還挺痛的。澳洲人就因為蒼蠅惱人，才發明了森林帽，那是一頂寬沿帽，帽沿上掛著一圈尾端綁上軟木塞的細繩子，戴在頭上，只要左右晃動，就能驅趕蒼蠅，他們也把這種搖頭晃動稱作森林行禮 bush salute。

bush coffee 森林咖啡和 bush tea 森林茶，是澳洲人在樹林裡用鐵罐燒煮的咖啡和茶，有點像美國西部電影裡看到的樣子，不過他們特別喜歡喝 bush tea，那是用由加利樹枝和樹葉生火煮茶，喝起來有濃濃的由加利葉香，別有風味。

澳洲人似乎對樹林情有獨鍾，像天火之後的由加利樹一樣總能浴火重生，大火之後，他們還是把房子蓋在樹林裡。

✄台灣觀光協會在雪梨正式成立辦事處

（楊本禮）

一九八三年 5 月，我接到我國駐墨爾本代表處代表陳厚佶的緊急電話，說是雪梨設立辦事處的技術問題已全部解決，兵貴神速，要我在一週之內飛往雪梨開設辦事處，正式展開作業。他說，為了展現「效率」，即使我在墨爾本有簽訂租約的辦事處和住家也可以用「賠償」的方式解決。因為這是「指令」，我沒有選擇的餘地。只好和辦公室和住宅的經理人溝通，最後是以付滿租約期限的方式來簽署中途解約的同意書。

我到了雪梨之後，立即在市中心的MLC大樓租了一間位在 33 樓的辦公室。並正式以「遠東貿易公司駐雪梨分公司」名義掛牌。從找辦公室到對外開始運作，只花了五天時間，速度符合外交部的規定。

早在墨爾本時，澳洲旅遊業者告知，在墨爾本有一個名叫「國家旅遊組織駐墨爾本分會」的機構（National Tourism Organization Association, Melbourne Chapter），建議我申請加入，以利日後的集體推廣活動。我曾經和該會有過接觸，但未得要領，因為我的最終目的是要到雪梨設立辦事處。該分

會執行秘書建議我到雪梨之後，再向雪梨分會提出申請，並把電話和聯絡人姓名告知。

我到雪梨之後的第一件事，當然是想早日成為「國家旅遊組織駐雪梨分會」的正式成員。經過多次和該分會執行秘書莫麗絲女士接觸和填寫表格，但還是因「技術問題」而遭婉拒。我一再問莫麗絲女士癥結之所在，但她總支吾以對。起先我以為是「中共」從中作梗，但隨後發現，中共國家旅遊局並沒有設立駐雪梨的辦事處，因此也無從干涉起。經過一年多的交涉，始終無法得知原委。而在此同時，我已經是太平洋旅遊組織雪梨分會成員和東亞旅遊協會（East Asia Travel Association）澳洲分會的國家會員。

一九八四年 9 月，我在澳洲旅遊記者俱樂部雪梨分會的餐廳和一位澳洲資深旅遊記者湯瑪士・金恩（MR. Thomas King）進行工作午餐（見附圖），並接受他的訪問，談臺灣觀光市場的推廣策略。在訪問中他問道，我參加那些設在澳洲雪梨的國際旅遊組織？我說：「除了 PATA 和 EATA 外，不久前『澳洲旅遊協會』也通過我的申請入會案（Australian Federation of Travel Association 簡稱 AFTA）。」他好奇問：「你沒有提NTO雪梨分會，你不是會員嗎？」於是，我打蛇隨棍上，把我申請的經過告訴他。我說：「我最不滿意的是，他們始終不把『技術問題』出在何處的原因告知，我希望你能為我伸張正義。」金恩聽到之後，也皺眉說：「這件事有違常理，讓我去了解一下。」

是年 10 月下旬，金恩打電話到我辦公室，說是 NTO 雪

梨分會將在 11 月第三個星期四上午假加拿大國家旅遊局駐雪梨辦事處的會議室開會，大約有十四名代表出席，要我馬上和秘書處的梅納女士接觸，原來莫麗絲已離職。於是，我和梅納女士通話，她告訴我說，開會的當天，她會把我以前申請的檔案資料拿出來討論，至於問題在那裡，只有我自己去才能解答。她說：「上午十點請準時。」

那一次開會讓我印象深刻。進到會場之後，很多人都是有過接觸的，主席等大家坐定後隨即宣佈開會。他說：「今天把 MR. Yang 的申請案優先討論，討論完畢之後，MR. Yang

澳洲旅遊記者 Thomas King 和我相交莫逆。我調到新加坡後，只要他路過新加坡，一定會約我小聚。他感慨的說，自我調離雪梨後，他再也沒有訪問過中華民國，1986 年我去曼谷出席 PATA 會議，他也去參加，那是最後一次的相聚。

可先行退席，然後大家再繼續交換意見。」他講完之後，印度旅遊局駐雪梨代表首先發言說：「MR. Yang，你是以『遠東貿易公司駐雪梨分公司』負責人的身分申請入境，我看不出你的『職業』和旅遊推廣有甚麼關連！如果和旅遊推廣無關的話，你就失去申請成為 NTO 會員的資格！」

我聽了他的話之後，首先的直覺反應是「遠東貿易公司」這個代表「殖民帝國主義向外擴充領土霸權的邪惡」名詞觸動了埋藏在內心深處的「歷史敏感神經」，憑心而論，連我自己都不知道當初我國在墨爾本向澳洲政府申請設立非官方機構時，怎麼會選擇了「遠東貿易公司」這個名稱！

印度代表古普提（H. S. Gupte）的問話非常尖銳，也不友善，但我沒有辦法退縮，我只好說：「我知道『遠東貿易公司』這個名稱，對某些人而言，並不友善。不過，我自從來澳洲之後，我就是用這個名稱對外推廣臺灣的觀光市場，我曾和各國航空公司合作，聯合邀請旅遊業者到臺灣從事作實地觀光考察。下一個合作的航空公司就是印度航空公司。」（註：我的同班同學王之道是印度航空公司臺北分公司總經理，當時正在和他談論邀請業者訪華細節，次年四月成行。）隨後我又舉出我都是用「遠東貿易公司雪梨分公司」的名義邀請媒體訪華及參加 AFTA 等等事實。講完之後，我又回答了不少問題。最後，泰國旅遊局駐澳紐代表泰斯納‧溫格雪特（Tassna Wongrat）代表問我：可不可以拿一份證書，以證明我實際是從事推廣臺灣觀光市場而不是推廣貿易的！我說：「這份證明我可以向設在臺北的總部拿到！」（註：臺灣觀

光協會。）於是，主席做出結論說，等到正式文書拿到之後，再重新申請！

我回到雪梨辦事處之後，立刻用 telex 告訴交通部觀光局，把申請 NTO 的來龍去脈告知。觀光局國際組簡單回電說：「來函知悉，請用中文撰寫報告，以便核示！」自退出聯合國之後，與我維持正式外交關係的國家不多，因此，在沒有邦交的地區從事推廣，都是「臺灣觀光協會駐某地辦事處」對外！

大約三個禮拜過後，我接到一份「臺灣觀光協會駐澳、紐地區辦事處主任」的英文聘書，聘書發給人則是當時臺灣觀光協會主席袁仲珊。（註：袁仲珊的英文名字叫 Sammy Yuen，講得一口流利英語，是一個不可多得觀光專才！）我拿到這份「官方」聘書之後，立刻用影本附加申請資料送到 NTO 的秘書處，一九八五年 3 月，我接獲 NTO 的通知，正式接納我的會員資格。在NTO的正式會員名錄上，我的正式頭銜是：MR. Punley Yang, Regional Director, Anz Office, Taiwan Visitors Association, Taiwan「臺灣觀光協會駐澳、紐地區辦事處主任」。

於是，我的名片也正式更改，不需要再用「遠東貿易公司雪梨辦事處主任」對外，對我而言，是一解脫，因為不需要再向那些持「懷疑」眼光的同業解說「遠東貿易公司駐雪梨辦事處」是怎麼一回事！

重回雪梨學做賢妻良母

（周嘉川）

　　雪梨的生活品質和居住環境，在全世界上都是數一數二的。這裡說的是大雪梨區，她的城區並不是太大，主要是行政中心、商業區和立國百年紀念公園、植物園和港灣區，占全澳最多的四百萬人口，則都是分佈在雪梨四周的各個小市鎮和村莊。

　　雪梨最美的就在她有一條長長的如河流的港灣，最著名的景點就在港灣邊如帆船隊伍的雪梨歌劇院，還有那弧形彎彎的港灣大橋。最貴的住宅也分佈在港灣邊，特別是靠市區那面的港灣。有一個小港灣叫 Double Bay，人們稱住在那兒就要付雙倍 double pay。 中上層人士則最喜歡住在港灣過橋的北岸，那裡住宅都是一棟棟的一層或兩層樓的小洋房，多數也都有寬闊的後院和游泳池，當然也有最好的學校。

　　在墨爾本匆匆住過一年之後，我們又銜命搬往雪梨開設辦事處。本禮在市中心 Martin Place 找到了辦公地點，正好和我國外貿會的遠東貿易服務中心在同一層樓；住家還是麻煩楊雪峰先生帶著我們在他家附近，也就是北雪梨的 St. Ives 社區，租到一棟房子。

　　St. Ives 當地人為它取個別號叫花園村，因為社區裡花木

雪梨也有「荷蘭節」，園中一片鬱金香花海

在雪梨住的第一個家

扶疏而得名。我們也因為喜歡這個社區的生活環境，因此在雪梨住的七年半中我們搬了兩次，也都在這個社區裡。

記得是我們在雪梨的最後一年，正是冬末早春的八月天，我的母親由大妹嘉玉一家陪著，從美國到澳洲來看我們，看到雪梨家家戶戶都植花蒔草，開花最早的是大朵大朵的木蘭花，接著是梅花、桃花綻放，還有山茶花，那年社區裡的購物中心前廣場上桃花盛開，映著藍天白雲，媽媽直歡雪梨真美！

第一棟房子在社區靠山邊的地段，我們住的房子，在路邊的坡底，前面是一大片松林，和一個葫蘆形的游泳池。每天清晨和傍晚都能聽到林中傳來一連串 Kookaburra（澳洲特有的一種笑鳥）響亮的笑聲，在寂靜的周遭，聽起來格外覺得淒厲。後來到雪梨動物園也聽到那熟悉的笑聲，一回頭看到籠中枝頭上棲著一排體形不大的鳥兒，想不到牠們的笑聲可以那麼大，原來牠們都有一個胖胖的肚子難怪能有那樣響亮的共鳴。

那時大女兒智婷的小學就在走過兩條坡路的一間天主教學校 Corpus Christi，她最先是騎輛自行車去上學，自從有一天早上被樹上的 Magpie（一種澳洲黑白花紋的鳥）狂飛追趕之後，就再也不敢騎車去學校了。Magpie 的聲音呱噪，聲音、體形都像烏鴉，又會攻擊人，看起來是有些嚇人，我們總是儘可能離牠遠遠的。不過牠黑白花紋的羽毛，在空中展翅飛舞或在林間穿越，還是十分悅目的。

在雪梨住的最後一棟房子，1990 年的初春，家中後院有

一天突然來了幾隻彩色的Parakeet（一種澳洲的小形鸚鵡），羽毛是翠綠色、胸前一片橘紅色、藍色的頭頸和深紅色的嘴。我們從參觀鳥園學來的方式，準備了幾盤有糖水的麵包屑餵鳥，結果吸引來幾十隻小鸚鵡，站滿了我們的簷前石階、大型的傘形曬衣架和院中的樹枝上，搶著來吃甜麵包。這兒的鳥兒似乎都不怕人，在鳥園裡，只要你手持麵包盤，一會兒彩鳥就飛來站在你的頭頂、肩膀和手臂上，好像把人當作樹枝枒，覺得從來沒有跟鳥兒如此親近過。看到這光景，我們都不禁驚呼：「啊！有鳳來儀！」，這些小形鸚鵡不請自來，還來了整整一季。

我們一家來自都會，對住家附近車聲人喧已習以為常，現在搬到這個日夜安靜沒有喧嘩聲的雪梨郊區，每天看到的是林園花木、聽到的是或呱噪或悅耳的鳥鳴，和大自然如此接近，是真正的理想家園，也難怪雪梨的生活品質，在全世界一直名列前矛。

本禮和我都是記者出身，這表示我們生活都能隨遇而安；對新事物永遠充滿好奇和求知的心態。我覺得我來澳洲，就是要學語文、學著過他們的生活，因此只要是和生活有關的種種：做西餐、做蛋糕、織毛衣、整理庭園、蒔花植草，我樣樣都有興趣學。

在臺北的日子我們一個在電視、一個在廣播工作，整日埋頭苦幹，大女兒有幾年斷斷續續的都是個名符其實的鑰匙兒童，每天自己帶著一大串鑰匙，開門回家。當我還在工作報新聞時，她得自己做功課。

有一年家中飛來許多小鸚鵡，多的時候有幾十隻。

整個季節每天來報到。

樹枝和曬衣架上到處停滿了。

最後兩年本禮在高雄擔任中廣臺長，只有我和大女兒住在臺北，才上小學二年級的她有時甚至會幫我先煮好飯，等我回家來炒菜一塊吃。想起往事，總覺得對女兒和這個家有所虧欠。

到澳洲來，除了要學怎麼過日子，更要學的是做一個賢妻良母，想給兩個女兒更多的時間、照顧和關懷。只可惜我到了澳洲仍然是個職業婦女，每天還是要上班，不過到底生活作息比較正常固定，兩人工作的領域相同，周末更是一家大小一起採買、一起煮食、一同解決生活上的大小問題、一同遊樂，一家人生活在一起，是從未有過的親密感覺。

在雪梨我們一天的日子是這樣開始的，一早起來，姐姐智婷不論是上自家附近的小學或是後來的天主教 Loreto 中學，都能自己去上學；妹妹智媛，最早是把她送到一個日間的家庭照顧，大一些就送到我家巷底的一家幼稚園去，半天放課後，再由一個日間照顧家庭接回去；而我們兩人送智媛去幼稚園後，接著就一起開車到城裡上班，中午我常步行到本禮辦公室去一起共進午餐。

本禮辦公室在城中心的 Martin Place，那是一座圓形建築，是當地有名的辦公大廈，樓底三層是名牌服飾店和首飾店、午餐供應中心和劇場。

大樓外面還有一個圓凹形的表演場地，每天午休時間，都有不同的團體在場中表演，有些是為表演團體做宣傳演出，最多的是個人的街舞表演。

到了聖誕節更是熱鬧，有唱聖詩的、也有小朋友的聖誕

樂曲弦樂演奏。有時一路上一個接著一個，好不熱鬧，只是在澳洲12月是盛夏暑熱天，聖誕老公公的白鬍子和濃妝，常常會被汗水弄花了。

午餐後我常會走到廣場邊看看當天的表演，或者到銀行郵局辦些事，天氣不論冬夏總是晴朗的多，我總是帶著愉悅的心情，一路步行經過熱鬧的皮特街和喬治街，回到我的華航總代理辦公室去。

幾年後我的辦公室搬到過橋的北雪梨去了，中午我也就再也沒有到市中心的廣場來享受午休時間，不過還好辦公室仍在本禮回家的途中，因此我們還是一同開車上班，一同乘車回家，當然是彎到照顧家庭去接了小女兒一同回去。

剛到澳洲的時候，晚上看電視和影片是我們最主要的娛樂，那時妹妹還小，姐姐和我的英文還不靈光，常在看影片時，只聽到我和姐姐左一個：「什麼？什麼？」右一個：「什麼？什麼？」問本禮，弄得他揮著手說：「煩死了！煩死了！」慢慢地我的聽力進步了，姐姐說話也漸漸以英文替代了中文後，這種景象就不多見了。

週末才是我們的家庭日，澳洲幾乎是最早開始周休二日的國家，剛開始覺得真是太棒了，慢慢的發覺在澳洲幾乎沒有人用家庭雇工，凡事都是自己動手，要是太太是職業婦女，所有家務都留在周末打理，才發覺週休二日也不見得充裕，但是至少妳不會有壓迫感，什麼事都有時間去處理。

每星期六一大早，我們總是一家大小一起去採買一週所需的食材和用物，多數是到附近最大的一家St. Ives購物中心

去，那裡樓上和樓下有兩家超市，還有許多家庭用品、百貨商店、書店、糕餅店、巧克力店和早餐店等，生活所需應有盡有。

我們在採買完了之後，喜歡到一家咖啡店吃早點，冬天的早晨喝一杯熱呼呼、香噴噴的英國茶或上面蓋著白泡沫鮮奶油的義大利卡比奇諾咖啡，吃兩個英國小麵餅，真是莫大的享受；兩個女兒也喜歡逛店買各自需要和喜歡的書籍用物，智媛更是從小就愛看漫畫，在購物中心我們一家人可以消磨一整個早上。

周日商店多半不開門，只有類似我們 7-11 的 milk bar 還開，澳洲人星期天多半不喜歡開伙，不是到 milk bar 去買烤雞和糕餅甜點，就是去買澳洲最古老的炸魚和薯條，那可是我走過世界許多國家吃過最新鮮美味的炸魚；再不就是到附近的法國或義大利餐館去大快朵頤一番。我們有時還會去城裡的中國城去飲茶吃廣東點心。

在澳洲過日子，就是有份東亞看不到的悠閒，雪梨到底是澳洲第一大城，出去辦事有時人龍比較長，但是從沒有人現出焦急的表情，櫃臺人員也是一幅氣定神閒的模樣，久而久之我知道在那兒凡事急不來，慢慢的也就習慣了，倒培養出不焦燥的性子。

本禮常說他的工作就是吃喝玩樂，其實他的意思是說，自己要懂得人生的品味，把華人的飲食佳肴介紹給外國人，更要了解異國的生活文化。我們常常請澳洲朋友到中國餐館或到家裡來用餐，以前在臺北工作忙，下廚機會不多，這下

為了請客，只好中西餐一起學，而且是現學現賣，好在風評不錯，也就慢慢建立起自信來，而宴飲之間也自然結交了許多澳洲好友，心中感覺這應當是我們住在澳洲八年半，最大的收穫了。

我家一對姐妹花在澳洲快樂成長

（周嘉川）

　　我們一家到澳洲履新時，當時大女兒智婷十一歲半，小女兒智媛才八個半月大，尚在襁褓中，我們常告訴人說，智媛是我們拎在籃子裡帶去澳洲的。在取英文名字時，姐姐用的是她天主教的教名 Teresa，為妹妹取名字時，想起我父親周汝修先生寫得一手好書法，他最愛寫給我們姐妹的就是周敦頤的「愛蓮說」，於是為智媛取了一個相近又好唸的名字 Lily。

　　姐姐曾經在我們準備來澳洲時，到一個英文補習班學了一點 ABC 英文字母，和一些簡單的英文詞句，就這樣去到一個完全陌生的國度，心中還真有些擔心不知她如何適應。到了學校之後才發覺澳洲這個新移民國家，每年都會容納大量的外來移民，各級學校都自有安排。

　　智婷先在墨爾本進了一所社區小學，學校按她的年齡分到五年級，另外每天會

安排各別英語教學，讓她慢慢的跟上。而且澳洲小學從不為學生打分數，他們只讓每一個學生和自己比，是進步了、還是退步了；是勤奮、還是太懶惰。

學期報告書的封面上印著這樣的字句：每個孩子根據他們個別的天份和限度，都有個別不同等級的發展；一個孩子要持續看他一整年的表現，才能對他的進步有完整和公平的評價；最重要的一點是孩子的努力和成績是同等重要的。

年度報告的內頁刊出學習的課目，在成績欄下列出水準以上、平標準和標準以下三等；努力程度欄也分值得讚美、滿意和需要更多的興趣三等級，老師就根據每個學生的表現在各人的等級欄打鉤。評等項目包括學生的德智體群藝等項目，甚至圖書館借書還不還都在評等之列。最重要的是報告後頁還有導師的評語，最後是導師和校長的簽名，然後是家長的評語和簽名欄。

像這樣孩子們上學真是沒有壓力，因為他不需要跟別人比，也不會因為比別人差而自悲，學習中只問自己有沒有興趣和有沒有盡力就夠了。

智婷課餘還是照樣學鋼琴和舞蹈，英文能力在學校的加強課之後，到了初中就完全到達水準，而且各科成績都名列前茅，事實上我們家長和學校都沒有給她壓力，反而養成她非常獨立的個性。

談起壓力，澳洲小學幾乎不給學生任何壓力，我記得妹妹智媛上小學時，唸的就是和姐姐同一所小學 Corpus Christi，放學回來也沒看她寫功課，我特別到學校去問老師，為什

智媛在復活節遊行隊伍；戴著姐姐智婷為她做的帽子

智媛跑得快；運動會中頻頻得獎，老師為他掛上獎牌。

麼沒有家庭作業，老師笑著回答說：「因為我們要讓孩子們有一個快樂的童年！」哦！原來如此，這真是我們這一代在惡補中長大的人，難以奢望的！對了，這就是我要的，讓女兒們能快樂成長！

小學最能看出澳洲教育的特色，學校每學期都會舉辦各式各樣的活動。記得是智媛二年級時，一天她帶回一個通知說，她被選擇參加一個教育強化營活動（Enrichment Program），全校每一年級每一班各選數名資優學生，到一個活動中心去做兩天的訓練，事實上也是一種領袖能力的訓練。我鼓勵她參加，不過從未參加過群體生活的智媛，第一天晚上打電話回家，哭著說她害怕，我勸了一陣子，結果她還是留下去過夜，第二天去接她時似乎玩得很開心，已經忘了頭一天想回家的事了。

每一年學校會舉辦一次學生的走路慈善募款活動（Walkthon），看學生募得捐款的多少，來決定他該走多遠的路，比如十元要走學校一圈，募了五十元，募款學生就要在活動中走校園五圈，活動不在比誰募的款多，旨在讓學生了解募款的意義和方法。

澳洲小學也是和家長聯絡最密切的階段，應該是幼稚園開始，家長會都扮演資助校務最重要的推手。比如智媛上了兩年，在我家巷底的那家幼稚園，有天家長會通知我們，請選一個周末去學校打掃校園；上小學的時候，每年都有義賣園遊會，請家長做蛋糕點心在校園義賣，也舉辦跳蚤市場捐出家中不用的物品來義賣，園遊會時家長們熱烈參與，也順

道看看自己孩子在學校的作業和美勞成果。

學校也認真面對自己是個多元種族的國家，小學二年級開始，先請一位家長來教法語、第二學期學義大利話、三年級學廣東話，學期結束，老師會帶著學生去吃法國餐、義大利跟和中餐，也許一個學期學不了多少語文，但是主要讓學生了解各種不同的語文和生活文化，也促進彼此的了解和尊重。雖然保守的澳洲人中也許還多少留存了古老「白澳政策的觀念」，但在他們的小學教育中，已看出要融合多元種族的用心和做法。

澳洲的教育告訴孩子們從小要有「分享」share 的觀念，分享權利、也分享義務；分享歡樂、也分擔痛苦。

我很高興兩個女兒能在澳洲快樂成長，智婷後來考上澳洲最著名的雪梨大學，主修國際關係和漢語，畢業後回到臺灣，也步父母的後塵，做過一年英文中國郵報的記者，後跨足偉達國際公關公司任職，目前隨先生溥洛彬和二子女旅居加拿大；小女兒智媛也自美國著名的維吉尼亞州立大學畢業，學的也是亞洲國際關係，目前回國來陪伴二老，並步媽媽的後塵在大愛電視臺擔任英文新聞主播。（此書出版時，智媛剛出嫁，已遷往美國）

在澳洲住了八年半，我最感安慰的是這兩個女兒能在那裡快樂成長，而成長過程中也從未讓我費過心、勞過神。我是她們的媽媽，但是從她們很小的時候起，更多的時候我情願自己像好友一般尊重她們、關懷她們、也給她們最大的自由，獨立自主、去開創自己的未來和美好的人生。

智媛和爸爸在「獵人谷」酒區騎小馬

姐妹倆在新州「獵人谷」酒區公園玩耍。

雪梨頻傳空門劫

（周嘉川）

　　剛搬到雪梨住了還不到一年，家裡就來了兩次小偷。第一次是一個周三的傍晚，我們還沒下班，接到大女兒智婷的電話，她才下課回家，發現家裡遭小偷了。等我們匆忙趕回家，發現家中的錄影機不見了、床頭櫃的抽屜也被翻倒，裡面平日穿戴的首飾被搜刮一空、相機也不見了，第一次碰到被闖空門，一家人簡直嚇傻了。

　　通知了警察和房東，警察說，門鎖沒壞，一定是我們後門的窗子沒關，歹徒伸手進來開了後門進來的，好像過錯在我們自己，只說，要我們自己當心門戶。我們要房東裝防盜鈴，他沒答應。

　　心想我們都上班，白天家中無人該怎麼辦呢，想想還是決定先把一個手提皮箱裡的貴重首飾，放到銀行的保險箱去。幸好移轉的早，因為不到一個月，又是一個周三的下午，家中再度遭竊，這次是一個職業高手，因為是開了大門進去的，這次我們買了保險，新買的錄影機又不見了，原來放首飾的手提箱，也被他用利刃把鎖整個取下，甚至劃開了皮箱內板，大概是以為我們東方人可能把黃金美鈔藏在皮箱夾層裡吧！

　　我正納悶怎麼小偷總是周三來，會是巧合嗎？結果碰到

鄰居太太告訴我，每周三是這個社區太太們的橋牌日，這些女士們都到俱樂部去打橋牌，那個社區比較僻靜，這天更是沒有一個人影，以前就常在這一天遭小偷，加上我們住的房子比路面低，歹徒在路面很容易看到我們屋裡的情形，雖然在澳洲隨便偷窺別人的房子可能挨告，但是沒有人在家時，你又能奈何！

後來看到新聞報導，指澳洲青少年吸毒情況嚴重，很多吸毒青少年就專偷錄放影機，賣給酒館十分搶手，一個澳幣三百元，脫了手立刻就去買毒品；也有說犯罪集團控制了這些吸毒少年，讓他們先探路，然後再由老賊出手。看來我家這兩起事件就是這種模式，當然警察也採不到任何指紋。好在我們已事先防範，損失不大，錄影機和相機也由保險公司賠了相同的機種給我們。

也因為這個緣故，我們在兩年租約期滿時，就決定搬家，這次是搬到社區裡比較熱鬧的地段，其實也就是房舍較密、人車較多、離主街較近而已。

這第二棟房子確實沒再發生過任何偷竊事件，左右兩家的太太們經常在屋外修剪花草，鄰居相處較熱絡，常常寒喧問好、也相互關照。只可惜過了兩年，房東準備把房子收回去整修出售，碰巧的是巷子對面住著一家香港人，剛好被派往海外工作，願意把房子租給我們。

原以為搬到對面多麼簡單，可不知衣物還是得打包，找幾個朋友幫忙，自己還是得動手搬，反正搬次家總會累個半死，派駐在外經常要搬家，變成難以避免的宿命，只好默默

承受。這也是為什麼在新加坡那些年，能繼續住，就絕不搬家，既使放在衣櫥上端的熱水器兩度漏水，毀了我兩批衣服，損失慘重，請房東換新之後，我還是決定不搬家的原因。

搬過一次家沒再遭小偷之後，久而久之我也逐漸鬆懈下來，部分首飾又放在家裡。只是那兩年我們更常出門推廣，而且每年一定到美國去看望父母，一去就是十天半個月。

那是發生在我們住在那棟房子的第二年，正是我們出遠門的時候，左邊鄰居是對老夫妻很少出門，幾乎沒有打過照面；右邊那家空了許久，才有一家人進來，像是幫人整修房子的。

在澳洲低價買進老房子，整修後再高價賣出，是一項中年白領階級最愛的房地產投資方式，我們認識的雪梨菲律賓航空公司經理戴安娜（Diana Eddy），先生尼可拉斯（Nicholas）是律師，就是這樣買了一棟古老社區的古舊大宅，一家人搬進去住，同時找工人整修，都兩年了，房子仍在東修修西補補完不了工。他們就是這樣做舊屋翻新的投資，等修完了也就可以看好時機再賣了。

我們鄰居看來則像是有人買下房子後找人整修，整修期間是由整修工人暫住，那趟出門前，白天總有三五個工人在裡面敲敲打打，回來後就發現家中遭竊了，丟的又是錄影機和相機，還有一抽屜平日常戴的首飾。然後又是隔不到一個月再來了一次。

當然我不是說一定和隔壁的人有關係，但是隔壁的房子比我們高，從那邊提著腳跟就能把我們院子看個一清二楚。

警察也都來過採過指紋，同樣是不了了之。

那時候澳洲開放給亞洲人投資移民，臺灣正好是「臺灣錢淹腳目」的年代，香港在九七之前，也有大批移民來到，那時就傳聞宵小專找亞洲人的房子動手，既使裝了防盜鈴也沒用，據說高手會爬上屋頂解了防盜鈴，是真是假也沒人知道。

被偷過四次後，再去找保險公司投保，他們說：「很抱歉，你們是拒絕往來戶，因為竊賊鎖定了亞洲人作案，我們賠不勝賠，實在負擔不起。」這怎麼辦呢？只好請房東幫我們裝防盜鈴，有沒有用誰也沒有把握，自己感覺安慰一些吧了。好在那之後也就再沒有遭過小偷。

在墨爾本聽智媛的 nanny Nancy 說，廿年前澳洲真是夜不閉戶，出門也不上鎖，就是鎖了門鑰匙也是擱在門外的地氈或地磚下，她歎口氣說，現在可就不同了，社會福利太好，年青人不喜歡做工，遊手好閒的多。

澳洲有這麼一個說法，說四個高中畢業的年青人，如果都領失業救濟，找個便宜的地方或空屋住下，開個二手小破車，還能整天到海邊戲耍，有吃有喝，快活得很。有一次居然有報導說，有人在監獄服刑，失業津貼照拿，真正變成了笑話。

有年聖誕節前，我到附近的 St. Ives 購物中心採購請客的食材，在超市外有許多肉品、魚鮮店，我買了十二個龍蝦尾巴、一個熟火雞和滿車的蔬果、魚和起士，正推到一個糕餅店前買甜點，我進店才一會兒工夫，回頭一望怎麼購物車不

見了，只看到有一個別人的車，裡面放著一兩樣小東西，急的忙叫本禮，他說是被人掉包了。

本禮推著那人的車，立刻向出口通道跑去，攔下一個二十來歲的女孩，看到她推著的正是我們的車，但仍然節制的說：「小姐，我看妳是推錯車了。」那女孩還想賴，本禮說：「讓我們一起去找警察」。那女孩看賴不過了，只好說：「哦！我看錯了。」然後匆忙推著她的車走了。好險，差一點我們的聖誕晚餐就泡湯了！

在雪梨最後兩年，澳洲經濟碰到不景氣，澳幣不斷貶值，我們剛去的時候，臺幣和澳幣是45：1，離開時只有26：1，讓我們口袋大幅縮水。

後來見到越來越多的澳洲人到星馬東南亞的海外求職，雪梨街頭也逐漸出現打搶事件，治安真是每下愈況。離開澳洲已有十多個年頭，不知道這個夢中常時出現的城市，是否依舊繁華、美麗如昔！

一年到頭豐富的戶外生活

（周嘉川）

在臺北的時候，只覺得生活中最重要的就是工作，每天早上起床，梳洗完畢、吃早餐、化完妝，就到台視開採訪會議，接著就是供應一天三節新聞的採訪、剪接影片、配音，然後是輪班制的主播新聞，如果輪到收播新聞，那天回到家都近午夜了。那時的生活真是除了工作還是工作，不知什麼是戶外生活，甚至沒有任何休閒服裝和運動鞋，因為沒有使用的機會。

到澳洲來生活的內容完全不同了，這裡的人非常喜愛戶外生活，住家環境多半是單棟的房子，家家有院子，每天腳踏在土地上，就覺得和大自然是那麼貼近；周末少不了要推草、修剪花木，生活是非常戶外和陽光的。也許是南半球又近南極的緣故，似乎落日和月亮看起來都更大和更明亮些。

從我們住的地方，開車往北走，十分鐘左右的路程，有一座遠近馳名的野花公園，春夏之間野花盛放，我們也和當地人一樣，周末帶著孩子去烤肉、賞花和騎腳踏車，再不然是帶著做好的三明治和飲料，在那兒度過一個悠閒歡樂的下午。

花季期間，我們也會帶著女兒或她們的好友，到公園內

的小徑繞一圈，細細觀賞園內品目繁多、花形各異的各色野花。野花多半比較細小，形狀則千變萬化，有種樣子像奶瓶刷子，紅色長長的花，名字就叫瓶刷（bottle brush），據說全世界有三分之二以上的野花都在澳洲生長。

　　野花公園裡還有一大片草地，是公眾露營的場所，每到重大節慶如英國女王的生日，或澳洲國慶，都有慈善社團提供巨額基金在廣場上空施放煙火，為一向安靜的北雪梨，帶來一個閃亮璀璨的夜晚。

　　談到煙火，在澳洲最讓人津津樂道的還是新年元旦在雪梨港彎大橋上的煙火。和北半球相反，新年正是澳洲的盛夏

北雪梨的野花公園，是春天的好去處。

時分，暖和的天氣，讓雪梨人萬人空巷地湧到雪梨港兩邊，等候元旦零時零分的到來，剎時雪梨橋上萬炮齊發，煙火一個比一個大的在大橋上方綻放，到最後綁在雪梨橋上的火炮，會綻放出壯觀美麗的圖形和字樣，此時岸邊歡聲雷動，迎接新年的來臨。

千禧年時電視追蹤全球跨年煙火，澳洲雪梨橋的煙火，早已讓世人驚艷。那時我人在新加坡，看到電視裡雪梨橋上的煙火，不禁歡呼雀躍，讓我又回想起當年在雪梨看煙火的熱鬧景象。

澳洲人普遍喜愛運動，又曾經舉辦過兩次奧運會，運動風氣鼎盛，舉凡游泳、帆船、賽跑、網球和高爾夫球在國際大賽都有過傲人的成績。一般人也都各有自己選擇的運動項目，比如高爾夫球，在亞洲被稱做是高而富的奢侈活動，在澳洲卻是十分大眾化的運動，因為到處都有公共球場，交個十至廿元澳幣，就能打一場球；私人俱樂部也不過是卅至四十元就夠了，問題是私人俱樂部審核嚴格，一般人不大容易進得去。

我開始打高爾夫球，還是在雪梨的最後三年，那時臺灣移民來的太太們更多了一些，大家一起約著參加一個學習班，上過兩堂基本課，也無非是怎麼握桿、怎麼揮桿、在果嶺上如何推桿。接著教練就帶著我們實地上場邊教邊打，有時一個洞可以打上十多二十桿，自己都覺得洩氣。

我們十多位臺灣太太們，經過一年工夫，慢慢球技也有些進步，有時也約著到雪梨各公共球場去打球。在我們娘子

我們的戶外生活——智婷在「獵人谷」騎馬

住在澳洲讓作者一家人更喜愛戶外生活。（作者攝於「獵人谷」酒區）

在雪梨北邊靠海的 Mona Vale 球場，作者二人同享揮捍樂。

軍開始打球一年後，本禮才開始加入，有時有國內的貴賓來，自己能打，在安排球局和接待上總是比較方便，加上本禮一向熱愛觀賞美國的各種球類比賽，朋友一吆喝，也就歡歡喜喜的開始打球了。

那時我們最喜歡到一個海邊的半公用球場 Mona Vale 去打球，從我們家再往北開，沿著蒙那維爾路不要半小時就到了，所謂半公用球場，地是公家的，但是還是有會員制，有更多的經費進行球場的維護保養，比完全的公用球場整齊多了。

蒙那維爾球場的球道特別長，而且上下坡又特別多，剛開始我們打九個洞就覺得累得半死，不多久之後，輕易就能打完十八個洞了。其中有幾個洞還能看得到海景，一邊打球一邊享受美麗的風光，這正是高爾夫球最迷人的地方。

澳洲是塊乾旱的大陸，天氣經常是風和日麗，適合打球的日子多，那兒女士們打球都是穿戴整齊，多數時候我都是著蘇格蘭裙裝，涼天打球，有時十八個洞下來，一點汗都不滴，臉上的妝還乾乾淨淨的，在澳洲打高爾夫真是一種莫大的享受。

出門機會多，也讓我們有機會走過不少澳洲的高爾夫球場，記得在西澳柏斯著名的賭場酒店旁就有一個球場，四面都是水，打起來處處驚險，一不小心球就落水了。另一次在離城稍遠的一處球場，正打著球，忽然旁邊草叢中鑽出兩隻袋鼠來，又引起我們一陣驚呼！

在澳洲各大城高爾夫球場多半設在美麗的風景區，而且

每個球場都依地形起伏，展現出不同的風貌，不只是打起球來要面對艱難的考驗，更能欣賞到各地獨特的風光，帶給我們許多醉人的回憶！

雪梨老鎮遊覽區（Old Sdyney Town）

一段雋永難忘的情誼

（楊本禮）

臺灣觀光協會駐澳紐辦事處在雪梨掛牌後，聯絡國內旅澳僑胞是工作重點之一。因為介紹風光明媚的臺灣給澳洲人的同時，也不能忘記久別家園的臺僑，他們也渴望知道臺灣的觀光近況，以便讓他們的下一代對臺灣的認識不發生斷層。

在旅澳的僑胞中，要以「中國大專留澳同學會」的會員最為大宗，他們都是早年分別在中國和臺灣的大學畢業後負笈澳洲深造，或者是因工作關係而移民澳洲，會員的年齡可分老、中、青三代，他們在澳洲學有專長，且在各自的領域中均有傑出表現。眾所周知，海外遊子最思念的莫過於鄉情，於是，在共同的願望下，他們就組成了「中國大專留澳同學會」，只要是從臺灣來的人，都可以加入為會員，入會條件從寬認定，人數也就越來越多。因為工作的關係，我認識了不少會員，再加上本身也是會員，每次聚會的時候，我都會利用時間介紹一些臺灣的最新風景區，順便回答一些旅遊上的問題。

在眾多會員中，我認識了一位同學會的前任會長楊雪峰。他是早期留澳同學，雪梨大學取得法學博士學位後，因為和他的澳洲籍同學麗莉安女士結婚，夫妻兩人同時在雪大

任教，也就沒有再回臺灣。我和他認識時，他已在雪梨住了有二十年之久。他常說：「沒有回國工作，有愧疚感！」

雪峰祖籍中國河南，他是隨部隊遷到臺灣，退伍後就讀臺大法律系，畢業後因成績優異獲獎學金保送到國外深造。雪峰並沒有選擇熱門的歐、美大學而挑了地處天南的雪梨大學。有一次我和他閒聊，問起選擇澳洲的動機，他說：套用他太太常用的一句話，一切都是上帝的安排。

因為他為人持重，且見解也有獨到之處，因此，留澳同學會在他擔任會長期間，會務發展特別快速而紮實。要不是會章的規定，連選只能連任一次，相信，他還可以再做下去。由於他有法律的素養，思路細密，因而在各種不同的僑社會議中，他常常扮演魯仲連的角色，為人排難解紛，深獲雪梨各大僑社倚重。因為他人緣好，受到僑社的推薦，當了一任僑選立法委員。他在立法委員任期期間，熱心問政，而且常替同僚修正提案內容，深獲其他委員們的敬重。他在立法院休會期間，回返僑選地區時，還勤跑「基層」，把聽到的各種不同聲音，分類做成參考意見，等到下個會期開始，再送政府部門處理。他這種敬業精神，不但在僑選民意代表中找不到，即使在臺灣的民選代表們，也沒有這麼認真去執行選民的負托。

雪峰的妻子麗莉安是澳洲人，不太懂得烹調，於是「家務」均由他一手承擔。他的太太有一個長處，只要是雪峰做的菜，都吃得津津有味，從不挑剔。我們一群朋友也就常到他家去吃北方麵食，八十年代的雪梨，根本吃不到中國的北

方麵點。我常向雪峰打趣說，我們集資，由他掌廚，開一家專門賣大陸北方麵點的餐廳，保證賺錢！他說：「老弟，再好的朋友，一旦牽涉到生意上的往來，到最後是，友情也沒有了，投資不但沒有回報，本也跟著賠光。」他從來不跟朋友，特別是好朋友合伙做生意！他的話的確是交友之道。我曾看過不少好朋友因投資而反目成仇。

在雪梨的七年多的日子裡，我常和雪峰相聚，喝酒聊天。他從來不在人的背後，說三道四。也從來不搬弄是非。他常說：「來說是非者，必是是非人。」即使是一些蜚短流長之輩，只要有雪峰在場，也就不敢說些含沙射影的話了！

雪峰對發揚中華文化甚為執著。由於他寫得一手好字，僑社很多場合都請他提筆，他從來不收「潤筆費」。他的哲學是：因為別人看得起你，才會來求墨寶，如果比照一般俗例收「潤筆費」，不但糟踏自己，而且也是對他人的不敬。他認為，處在海外異域，只要有機會做發揚中華文化的事，絕對不要放棄。我在雪梨期間，他請了三批國內有名的畫家到雪梨開畫展，讓海外的遊子和澳洲的友人，欣賞名家的傑作。名家如李奇茂、鄧雪峰、鍾壽人、宋建業和趙松筠當年在雪梨當眾揮毫的盛景，如今想來，可以說是「空前絕後」了！

雪峰當選僑選立法委員第二年，也就是一九九○年九月，我奉調新加坡，擔任交通部觀光局駐新加坡辦事處主任。在新加坡工作期間，我們還常有往來，每當我返國述職，或者是他因公務而路過新加坡，一定都會碰面相聚，小喝幾杯，

暢談歡樂時光的往事。他說：我沒有到雪梨之前，他覺得日子過得很長，可是，我們一家搬到雪梨之後，日子好像過得飛快，轉眼之間，八年就過去了！他說：「你知道，抗戰八年苦難的日子有多長嗎？」我無法體驗渡日如年的苦難日子，但我知道，快樂的時光總是過得飛快的！

　　雪峰擔任立法委員的任期屆滿後，他「告老回鄉」。不過，在他的認知中，他的鄉不是雪梨，應該是河南。可是，造化弄人，他卻在雪梨終老。

和僑選立委楊雪峰夫婦一同去郊遊

義結金蘭與歡樂重聚

（周嘉川）

　　現在每每回憶起在澳洲的日子，最先想到的就是在那裡結交的許許多多數不清的中澳好友，澳洲朋友多半是經由工作和生活的環境中結識；中國朋友則是在各種不同的社群聚會中結交。特別是後者常能在我們陌生加寂寞的生活中，帶來溫馨與歡樂，更撫慰了我們這顆異鄉飄泊的心靈。

　　楊雪峰是臺灣最早到雪梨留學的少數留學生之一，他們發起了一個「中國大專留澳同學會」，像楊雪峰、源廣揚、張鴻彥都是其中的骨幹，以後到澳洲來的臺灣留學生和移民越來越多，都把這個同學會當作唯一的連誼組織，常是夫妻兩人一同加入，最盛時期到達兩、三百人。同學會經常有聚會，最多時候是到臺北美爾頓英語補習班老闆徐先樹的家中聚會、有時也到公園野餐、或到雪梨港乘遊船、或上那兒踏青去；本禮加入後，還發起組成一個橋牌俱樂部，可以打四桌，有時在我們家，有時在前外交部官員張國政開的餐館裡。

　　除了大型聚會以外，我們住在雪梨北岸的十多家人，還常有不定期的小型聚會。和應仲藝、施美林夫妻也就是這麼相熟的。應仲藝是我國毛紡業鉅子應昌期的姪兒，早年被他伯父派到澳洲來學習採購羊毛，當時已是一等買毛好手。

雪梨巧遇施美林，因為容貌相像、個性相契而義結金蘭；中間為她的先生「羊毛頂尖買家」應仲藝。

　　記得是在一次乘渡船到雪梨港北岸郊遊的聚會，有人說我和美林長得真像，我們一起合拍了些照片，自己看著也覺得很像，應仲藝的姐姐應曼玲還悄悄告訴我，她覺得我和她的亡母最像，我覺得可能是種緣份吧，不妨結為乾姐妹。這事就是在那條渡船上決定的。

　　我們兩人都慎重看待這件事，稍後我在家中舉行了一個派對，我們還互贈刻著義結金蘭的金飾信物，我們還是同年出生，我在年頭她在年尾，從此就以乾姐妹相稱。那時我國國畫名家鍾壽仁正好應楊雪峰之邀到雪梨開畫展，就畫了兩幅蘭花，送給我們一人一幅，作金蘭結義的紀念。以後和仲藝姐姐曼玲一家和她四個女兒，以及後來才移民到澳洲的長

輩張長卿夫婦（因為兩人都長得標緻，我們都叫他們漂漂婆婆和漂漂爺爺，而不稱呼其名。）都因此成了好友時相往來。

美林一家住在北雪梨的港灣邊，那是一棟面向港灣呈坡形上升的洋房，是學建築的應仲藝親手設計的作品，巧妙地融合在四周自然景觀裡。

一次美林邀了親朋好友，到屋前不遠的港灣邊去釣魚，每人就拿根細繩綁一小塊虫餌，不一會兒也鉤上不少沒鱗的皮夾克魚。本禮拿著唯一的一根釣桿，結果魚沒釣上，倒釣上來一隻大螃蟹。兩個小時之後，我們回到美林家，由漂漂婆婆掌灼燒出來一盤芙蓉螃蟹和煎魚，大家玩得開心也大快朵頤一餐。因為有了金蘭結義的姐妹和新添的親戚，也讓我們在雪梨的日子過得更為愜意而溫馨。

在澳洲能巧遇一對學長朱康明和學妹黃沁珠夫婦，也是那段日子裡非常開心的一件事。我們兩對夫妻都是政大新聞系的先後同學，本禮最大比我高六屆、康明比我高兩屆、沁珠比我低一屆。

沁珠曾患淋巴癌，來雪梨時已是術後多年，身體看起來調養得相當不錯，她依然如大學時見到那樣腰桿畢挺，臉上總帶著淺淺的微笑，看起來還是那樣永遠對自己要求嚴苛的模樣。她告訴我她跳了很多年的國際標準舞，難怪身裁一直如此挺拔。我因為以前也是一位舞者，見到她就格外親切，只是我早已放棄舞蹈，不練舞久矣！她那時已完全吃素食，有空就到附近療養院做義工，陪院中老先生和老太太們說話或唸文章給他們聽，在我看來沁珠就好像一位不食人間煙火

的仙子一般。

那時康明和本禮的辦公室，都在同一棟大廈的同一層樓上，因此常有碰面的機會，兩家人住得又近，生活上相互關照，當然週末有聚會也總少不了他們一家人。

在雪梨週末聚會必是全家出動，這也是為什麼如果是比較大型的聚會，比如聖誕節，我們各家人的宴會人數常常會超過五十人以上的道理。好在澳洲食材豐富，火雞、龍蝦等熟食都物美價廉，在大熱天裡過聖誕，做成沙拉，再加上澳洲人最喜愛的 Bar B. Q.，在自家院裡烤羊排和雞腿，就是最豐盛不過的盛宴了。

楊雪峰和他的澳籍太太麗莉安在每年聖誕節中午，一定廣邀好友，到他家享受一個澳洲風味十足的聖誕餐。有烤火雞、烤羊排、烤南瓜、洋芋等球根類的蔬菜，但是還一定有楊雪峰的拿手蔥油餅。十多人圍著長長的餐桌，享用澳洲的葡萄美酒和聖誕菜肴，每人頭上還依習俗戴上一頂金銀彩紙的皇冠，吹著捲紙哨子，為耶穌降生而興高采烈。

楊雪峰、應仲藝、張鴻彥、朱康明和我們幾家人，更常輪流作東，到家中聚會，常是從中午一直吃到晚上，慢飲慢聊度過漫漫夏日，或者在冬日圍爐吃瑞士火鍋，我們自己戲稱這是「國宴」，主要是感謝主人的熱情和豐盛的餐點，感覺有如參加國宴一般。其實三五知已與好友，有緣相聚，無論吃什麼都覺津津有味，真是廣東人說的：「有情飲水飽」。

澳洲的那些日子常時在心中縈繞，楊雪峰、源廣揚、俞

國強的太太朱琴和政大學長楊卓膺和外交前輩馬秉乾等都已先後故去，那樣的日子是再也回不來的了。不過那時交的朋友，那份情誼並沒有因為相隔遙遠而疏淡。

搬到新加坡以後，楊雪峰夫婦、應仲藝夫婦和徐先樹老爹和他的新加坡媳婦還結伴一起來探望我們；張鴻彥和陳瑜夫婦、俞國強和朱琴夫婦、張國政和他太太楊智美等也都曾到新加坡來聚晤過；我們也曾約了張鴻彥和陳瑜夫婦、王更生和路鐵屏夫婦一同到歐洲旅遊。

仲藝和美林一家比我們早兩年搬回臺北，每次我們回臺述職總會抽空和他們好好聚聚，之後應仲藝又轉往大陸寧波，負責家族企業在當地設立的羊毛原料洗毛和毛條廠，專門供應最高檔次的羊毛原料。二〇〇五年春天我們曾應邀到他寧波的家中造訪，還結伴同遊奉化溪口鎮、杭州、蘇州和上海，談起以前在雪梨的日子，真不知有多麼懷念！

聽說沁珠在她先生康明的職務調動期間，老毛病又犯過兩次，有一度幾乎至垂死邊緣，我們也這樣和她們斷了十多年沒有連絡。倒是前兩年朱康明從外貿會退休，我們也退休回國後見到康明，知道沁珠這些年一直住在加拿大溫哥華，身體這兩年也已日漸康復，更難得的是沁珠又開始跳舞了，心中真正為她慶幸。

二〇〇六年中，我們到多倫多探望大女兒智婷時，特別經過溫哥華去探望沁珠，她拖著剛開始復元的身體，做有機素食給我們吃，也說起她和病魔奮鬥的歷程，她就是這樣用健康素食的自療法和無比的求生意志，才能活到今天。聽著

她這樣艱苦的奮鬥歷程，心中真是無限心痛和憐惜，再看到她在舞蹈教室裡那樣生氣勃勃的跳著，也不禁為她這樣堅強的求生意志而心生感佩！

平日不愛照相的沁珠，在作者夫婦的校友歡送會上致詞。

Easter Show 和端午龍舟競渡

（周嘉川）

　　每年 3 月下旬，正是雪梨金秋送爽的季節，也是雪梨傳統活動登場的日子，那就是一年一度的復活節「秀」（Easter Show）。

　　早年 Easter Show 是一個農牧業慶祝豐收的活動，有許多相關牛、羊的飼養成果比賽、伐木比賽，以後逐年增加像雲霄飛車的遊樂園的場子。遊園會的範圍很大，每年都吸引到數萬人前往觀賞玩樂，是當地很重要的一項節慶活動。

　　我們家的兩個女兒也像其它孩子們一樣，每年都期盼著要去 Easter Show，那裡面有許多遊樂場子，又有一排排賣各種玩具和小玩意兒的 Show bag 紀念袋，更是如小女兒智媛這種小學年齡的最愛。

　　普通復活節會有一星期的假日，我們總是選擇一天，全家出動，有時會帶著一兩位智媛的同學，一起去看秀。秀場分兩部分，一半是遊樂場子，一半是農牧業的比賽表演場地。我們會帶著孩子們先去她們最愛的項目玩，比如坐雲霄飛車、咖啡杯轉盤、Marry-Go-Around 木馬轉盤、碰碰車等。

　　我那時也是童心未泯帶著小朋友一起玩，甚至抱著智媛去乘草墊滑梯，那滑梯有五十公尺長，除了相當陡峭以外，

一年一度復活節的「雪梨皇家秀」會場

曲梯滑坡是會中刺激的活動之一。

中間還有幾段起伏，我把智媛放在我前面，一起坐在一張薄薄的草墊上，似乎還沒坐穩，就開始順勢往下滑，感覺像飛，溜得非常快速，智媛嚇得嘰嘰呱呱亂叫，不過滑完了兩人都似乎覺得滿過癮的！少不得又惹來本禮的嗔怪說：「沒見過這麼愛冒險和愛玩的媽媽！」

場子裡還有其它各種遊樂場必有的項目像套圈圈、射擊遊戲、飛鏢遊戲，有本事的人打中了能拿一大堆獎品，最多的是那種毛茸茸的動物玩具，讓孩子們玩的不亦樂乎！

遊樂場裡各種吃食都少不了，除了麥當勞的速食和飲料以外，雪梨最特別的就是會賣澳洲特有的肉餅（meat pie），有點像我們的餡餅，裡面是雞或羊碎肉的麵糊餡，可以沾蕃茄或芥末醬吃，挺有獨特的風味。只是一般市面上不容易買到，要等到這種大型比賽和室外表演活動，才能尋到這種傳統口味。

接著我們就到另一邊的場地去看「秀」了，這時廣場看臺上已經坐滿了觀眾，場子中間正在進行的是乳牛選美賽，要選出花色最美麗和最健美的乳牛，只見每隻乳牛由主人牽著進場，再繞場一周，由評審選出當年的乳牛皇后。從沒看過這麼多的乳牛，花色真是繁多，有黑白花的、有咖啡和白色的、也有黃色的，圖案還各自不同。

廣場另一邊還正進行著砍木頭比賽，只見參賽人拿著大斧頭，劈哩啪啦的就把一個大樹幹砍成木塊，就看誰砍得快，就能奪魁。

廣場旁邊還為參展的動物分別設置了牛欄和羊欄，觀眾

可以進去看，還可以觀賞現場舉行的剪羊毛比賽，只看參賽人拿著剃刀一般的剪子，三兩下就把一隻羊的毛剪得光溜溜的，讓人歎為觀止。

會場裡也像市集一樣販賣各式各樣的農牧產品，有各種花色的牛皮和羊皮，擺滿一地任人選購，有些羊皮甚至還染了色，或拼圖製成貓熊花色的圖案。而擠滿最多人潮的永遠是銷售各種玩具和小紀念品的攤子，因此去一趟復活節秀，出得門來只見人人手中都是數不清的紀念袋 Show bag，我總說她們是帶了一大堆垃圾回來，但是孩子們卻樂此不疲，每年照樣嚷著要去看秀，也照樣搬一大堆紀念禮品回來。

儘管復活節秀，已經不是傳統的農牧園遊會，而且增添的遊樂設施，一次比一次多，沒到喧賓奪主的地步，也幾乎可與傳統秀分庭抗禮了，但是只要大人與小孩都開心，新到的移民也有多一個認識澳洲生活文化的機會，雪梨的 Easter Show 還是很值得觀賞的。

端午節在澳洲已是深秋時節，發現他們也有龍舟競渡，真是讓我十分驚訝。因為我們的華僑團體也有參加比賽，因此我們總是一家人出動去擔任啦啦隊助陣。

雪梨的龍舟比賽多半是在中國城邊的達令港（Darling Harbour）舉行，那一帶原是一個古舊的貨艙碼頭，我們在雪梨的後幾年才整修成一個範圍寬廣的商業和休閒中心，裡面還由廣東運來建材蓋了一座中國花園，沿著港灣又蓋了幾座大型的購物商場和可以看海景的休閒區。另外還興建一條單軌電車連接達令港和市區中心，大小式樣和我們臺北捷運的

木柵線差不多，那是我第一次乘坐這樣的輕軌電車，一路看市區風光，覺得十分新鮮有趣。

划船本就是澳洲人十分熱衷的運動，難得的是他們也能尊重外來華人的傳統，舉辦端午節龍舟競渡。比賽航線是從達令港的碼頭前向外港划，槍聲響起，只聽船上戰鼓頻催，選手們則是奮力往前划，我們也和岸上的觀眾高喊加油，興奮極了，幾乎忘了自己身在何處。

澳洲的生活總是那麼悠閒，步調有時看來是緩慢而欠缺效率，但是只要他們有計劃而且開始著手去做，終究有完工的一天。就像這片達令港和輕軌電車，似乎也沒注意它是什麼時候開始的，幾年過去也就完成了，又為雪梨多了一大片值得觀光的地方，特別是它把原來就吸引觀光人潮的中國城和這片新興商業區連接在一起，假日裡立刻帶來一片熱鬧景象，看來澳洲政府在觀光建設上還是很有眼光的。

雪梨的端午龍舟競渡。

✿澳洲牧場和農莊的生活體驗

（周嘉川）

　　我們住在雪梨這個大都市裡，平日接觸到的是都市裡人們的生活景象，其間倒是有兩個機會讓我們造訪鄉村，到新南威爾斯州的兩個牧場和農莊，各別住了兩天，真實領略一下澳洲農牧場的生活。

　　一次是我乾妹妹美林的先生應仲藝，邀請我們一同到他常去的牧場留宿。應仲藝早我們十多年來到澳洲，從買毛相關的最基本知識學起，當時來澳洲的中國人非常少，他又要深入澳洲鄉村牧場，從早餐吃羊肉和羊肝開始去真正了解澳洲人的生活文化，讓他吃了不少苦。

　　但是他也是少數來自臺灣，卻能真正和澳洲人打成一片的中國人。常帶著我們去體會澳洲的風土人情和飲食風味。在冬天他最愛帶著我和本禮到城裡一家專門喝湯的小店，店名叫「大湯」（Big Soup）去喝澳洲濃湯，店裡就只賣湯，有牛尾湯、海鮮淡菜湯（mussel）、洋蔥湯。湯好料足，喝完了絕對讓你齒頰留香，在冬天裡全身都是暖洋洋的。

　　有一次他說我們來了澳洲很多年，還沒有去過牧場，決定約了我們和楊雪峰及他們一家共三家人，一起去牧場住兩日。

我們三部車從雪梨出發往西行，經過藍山山脈再繼續往西邊的臺地開，那是夏末初秋的季節，漸漸我們離開了公路大道，走的是山間的小路，坡道起伏，這時看不到一個人影，經過的多半是荒野，偶而有些麥田都已收割，一片秋黃景色，既便是荒野也感覺美不勝收，因為路不是平的，高低起伏很有層次感。

深深感覺澳洲是這樣一塊地廣人稀的大地，東西橫向飛躍大陸一次就要五小時，而當時它的人口卻只有一千六百多萬人，要靠每年外來移民來增加人口，但是又不能增加太快，原因是這是一塊乾旱的陸地，雨水少、人更少，難怪到處是沒有開發的土地。

車子大約開了三個小時，我們來到新省最大的羊毛業集散中心的貝徹斯特城（Bathurst），然後又開到城外的一家牧場民宿去。牧場主人史密斯夫婦，原來是世代經營羊毛買賣，現在專營民宿，由他的弟弟繼承祖業，仲藝每年到這些牧場來來回回不知多少趟，有時待的時間長，就會在牧場過夜，因此和史密斯一家熟識。

那天晚上史密斯太太準備了豐盛的晚餐，有烤羊排、烤雞腿和各種蔬菜，雞腿的調味有蜂蜜，香甜可口，我記得一盤 36 根雞腿，本禮也許是開車太餓，也是太合口味了，一個人就吃了十二根。

第二天一早起床，我們用過鄉村式的早餐，史密斯太太又展示了她的副業手織毛衣和毛線套裝，設計風格獨特，我一口氣就買了三件，一套毛線鑲絨布的草綠衣裙和一件上面

印著孔雀的白色針織線衫，美林也買了一些，這些式樣在商店裡都買不到的，算是真正的澳洲土產。這些衣服我也一直保留到現在，還經常穿著，是我還留存的一些少數澳洲紀念品之一。

仲藝也帶著我們去看剪羊毛和牧羊犬趕羊進柵欄。仲藝說，這一帶他每年都要來好幾趟，來採購羊毛。他在澳洲住了廿年，苦是吃了不少，但也練就了一身的本事，不僅對每一個澳洲產區羊毛的特色如數家珍，而且更厲害的一點是羊毛的品質看它的細度，細度是以微米（micron）計算（註：百萬分之一公尺），仲藝用手指的觸感，就能摸出一微米羊毛的差別；他還能用手摸出羊毛中含雜質的百分比，雜質的多和少掌握了成本的高低，他現在已成了全世界少數最懂「毛」的專家之一。

這些年仲藝和美林從澳洲轉往大陸主持公司在寧波的毛條廠，和澳洲羊毛的買賣又有更大的拓展。我為了寫這本書和他進一步聯絡，才知道他已取代日本成為全世界僅向澳洲單一買毛最大的客戶，所買的毛占澳洲總羊毛生產量的十分之一，年產高級毛條三萬噸，70％都外銷到義大利和日本等地，也是全世界最大的毛條廠。他在澳洲學「毛」廿年，已成就非凡。

我們透過那一次的牧場之旅，領略了新南威爾斯省的原野風光和牧場生活，仲藝也告訴我們許多澳洲風土文物的故事。他一直非常懷念在澳洲的日子，特別是澳洲的天氣、居住環境和生活方式；他覺得澳洲人非常樸實、又非常重視家

庭，由於是個移民國家，對外來人也非常友善。一般而言澳洲人都很安份守己、不投機，他在那樣的環境學習和成長，一輩子受用不盡。透過仲藝和美林也讓我們對澳洲這個地方的民情有更深刻的認識。

另有一個機會讓我們到新省最古老的農莊去住了兩日。一九九〇年春天大約 9 月的時候，澳洲國家黨參院領袖大衛・布朗希爾（David Brownhill）邀請我們到他在天沃斯（Tamworth）的家中過兩天農莊生活。

澳洲國家黨原名國家鄉村黨，是個以農人為主幹的小黨，一向是和保守的自由黨一起聯合執政。我們和他相識的時候，澳洲是由工黨執政，他是在野國家黨在國會的領袖。

我們約了外貿會的朱康明一起到他的農莊拜訪，我和本禮早一天乘小飛機去，康明因為有事，第二天自己開車前往。

天沃斯的位置在貝徹斯特更往北走，是早年墾民最早開發的農地。由於在新省英格蘭高地開拓的面積越來越大，天沃斯一直以來都是附近農產品的集散地，是一個富庶的城鎮。

大衛參議員自己到機場來接我們，先載我和本禮到他在天沃斯城的服務處參觀。知道國家黨是一個以服務農民為主的政黨，目的就是維護農產品的價格、保障農民的利益，和維護傳統價值觀。走出他的辦公室，一路上不斷有人和他打招呼，看來他是一位頗孚眾望的政治人物。

大衛自己開車載我們轉到他在城外的農莊去，一路都是寬闊的牧場和田野。到了農莊，大衛的太太茱麗亞（Julia）熱情相迎。他的農莊很大，有牧場養了很多羊，他還有一大

到國家黨參議員布朗希爾（左一）的農場作客。右一為同行的外貿會主任朱康明；中為作者楊本禮。

作者周嘉川在農場小溪旁釣 Scampi 小龍蝦。

片玉黍蜀田,農莊旁有溪流環繞。他說,每年聖誕節,溪中盛產 Scampi(註:龍蝦的一種,體型比較小,前面有兩個像龍蝦的大鉗子。),當時不是季節,不過他會帶我們去釣,也許還可以抓到幾個。

第二天朱康明到了之後,我們正在釣溪中的 Scampi,只抓到小小的四、五個,大家開心的拍照留念,為我們的澳洲農莊生活留下一點紀錄。讓我想起小時候在臺北用小紙勺網小魚的光景,在意的是網住小魚時帶來的收穫快意,抓住 Scampi 時也有同樣快活的感覺。

這兩天茱麗亞都為我們準備了最鄉村風味的晚餐,第一天吃烤雞,第二天吃烤羊排,我自己最喜歡她為我們準備的澳式早餐,有英國小圓餅和她自己做的草莓果醬和新鮮奶油。

還記得他農莊前豎立的大牌子,寫著農莊的名字叫 Merrilong,農莊來去短短三日,在我們記憶中,滿是澳洲恬靜的農莊生活、抓小龍蝦的樂趣和布朗希爾夫婦的熱情笑靨。

雪梨：澳洲的美食天堂

（楊本禮）

雪梨餐飲水準的提升，讓它能進入國際美食殿堂，也只不過是三十年間的事。

上個世紀八〇年代前，雪梨的餐館，即使是五星級的，其所能提供的菜餚，只不過是牛排、或者是混合燒烤的肉類或海鮮，再加上三道沒有調味的水煮蔬菜。不過，從八十年代初葉開始，澳洲人外出旅遊不再限於他們的母國——英國。出外旅遊的人越多，旅遊的地點越廣，越能增加他們的見識，因而也讓他們胃口大開，吃，不再限於少數幾樣刻板的菜餚。八〇年代也是澳洲開始推廣觀光的重要年代，國際觀光從各地湧入雪梨，展開他們的「澳洲之旅」，國際觀光也變成提升美食的推手。

澳洲工黨政府自八〇年代初葉上臺執政，立即取消「白澳」移民政策，再加上一九九七年香港「回歸」的陰影，讓不少香港專業人士興起移民澳洲的念頭。在申請澳洲移民核准與否的條件裡，專業移民可獲高分，特別是廚藝高手，都可優先獲准進入澳洲。於是，亞裔廚師在澳洲的飲食方面，扮演了新的角色。除此之外，義大利人、西班牙人、法國人、黎巴嫩人和其它中東和東歐的廚藝專業移民也紛紛進入澳洲，

也讓澳洲成為「百家競技」的場所。一九八四年，澳洲廚師在「奧林匹克廚藝比賽」（1984, Culinary Olympics）中，囊括幾項大獎，澳洲的美食自此進入「國際殿堂」，而雪梨因為是廚藝高手雲集之地，因此也贏得了「澳洲的美食天堂」的令譽。

我們初到雪梨的時候，發現它的中餐水準和香港相比，還有一段距離，且餐館多開設在中國城之內，其所提供的餐點，多是以傳統的華人廣東口味菜餚為主，花樣沒有太多變化，再者，餐廳除了點菜以外，還有不少點心同時推出服務，讓吃客隨意挑選。眾所周知，有水準的中餐館，是不做點心而只專心供應菜餚的。隨著香港廚師湧進雪梨，讓雪梨的中國餐館，再也不侷限在「唐菜」這個框框裡。專門提供菜餚的餐館也紛紛開設，而地點則分散在大雪梨地區各處。以往要吃中國菜只有到中國城的限制也跟著解除。因為有競爭才有進步，中餐館開多了，彼此之間競爭，也讓喜愛中國菜的顧客有了多重的選擇。

從食材的角度看，澳洲是一個天府之國。從蔬菜到水果、從魚蝦到貝殼類、從牛羊肉到家禽和野味、從鮮奶到奶製品，在在說明了一個烹調定律：好的材料需要好的烹調高手，才能展現出美食讓人享受和欣賞的一面。而這個得天獨厚的環境，也正好給從香港移民來的廚師們有了一個大展身手的機會。

因為香港人對「游水海鮮」特別鍾愛，澳洲有得是新鮮海產，於是，在「創意」和「欣賞」相互激盪下，雪梨的中

餐館水準也隨之大大提升，它們不但吸引海外華人，連對吃一向持保守態度的澳洲人，也紛紛到中餐館品嚐美味。因為雪梨中餐館所用的海鮮都是「游水海鮮」（註：指在餐館的水缸裡仍游來游去之意。）所以清蒸的海鮮特別叫座。如清蒸龍蝦、螃蟹、海鱸、石斑、大蝦和蚵仔等等，都可以說是廚師們的絕活，因為沒有經驗，是絕對不敢端出清蒸海鮮到臺面上的。到了九十年代初，我和嘉川回雪梨參加大女兒智婷雪梨大學畢業典禮，有機會和往日在雪梨的好友相聚，我發現雪梨中餐館推出了一道「帝王蟹」三吃的新鮮菜。據朋友告知，帝王蟹是產在深海裡的，有一次幾位澳洲深海潛水家在南澳省外潛水時，無意發現這種體積超大的深海螃蟹，他們上岸後對漁產公司指出他們的「驚嚇發現」，為甚麼「驚嚇」？因為他們從來沒有看見過這類龐然大物的螃蟹！漁產公司派出大量深海蛙人隨著指定的座標潛海捉拿巨蟹，果然是滿載而歸，於是，帝王蟹之名隨著媒體報導而揚名海外，牠們也成為香港人的最愛。

我們吃的那隻帝王蟹算是小號的，但牠的體積有中餐桌上的轉盤一樣大。吃的方式是把兩個大鉗和上爪清蒸，爪子的下半燒烤，蟹黃和一些蟹肉用來炒伊麵，然後再放在蟹殼內端出來。帝王蟹的肉又嫩、又鮮，難怪講究吃的香港人會出大價購買。

雪梨的西餐水準也和中餐一樣，都是隨著觀光客和移民潮而提升。我剛去的頭一年，雪梨的西餐館還是以英式西餐為主，但慢慢的在不知不覺中，法國餐館、義大利餐館、日

本餐館和黎巴嫩餐館也都一一出現。其中值得一提的是，大雪梨地區內有不少的移民區，譬如說：義裔移民區，中東裔移民區和希臘裔移民區等，代表他們傳統的美食餐廳也紛紛在移民區內出現，懂得吃的人，都會到移民區找道地的餐廳，以飽口福。

澳洲是一個盛產葡萄酒的國家。我在雪梨居住的那幾年裡，因為是澳洲葡萄酒俱樂部的會員，因此有機會品嚐澳洲各區的名酒，除此之外，俱樂部每個月在會員通訊錄中，都會挑一些特別的餐館，介紹它們的名菜，順便也介紹和名菜相配的葡萄酒。我也從這些通訊中，按圖索驥，找到會員通訊錄介紹的特別餐館，用自己的口感，來測試介紹的餐點，看看有沒有「言過其實」的廣告言詞。經過幾次的親身體驗，我發現並沒有誇大的商業用詞，也讓人放心的去盡情享受在澳洲境內的外國移民後裔所烹調的美食。

因此，在各種不同的場合裡，我都會用不同的酒來配不同口味的菜。最讓澳洲朋友們驚訝的是，我對大雪梨地區內的不同口味的餐廳，瞭如指掌，而且對酒和菜的配合，也是那麼有經驗。當他們問到我的時候，我很坦誠的說，很多常識都是從葡萄酒俱樂部的會員通訊錄中得來，所不同的是，我不斷的「身體力行」，才能得到寶貴的經驗！

在居住雪梨將近八個年頭裡，我親眼目睹雪梨由一個普通大都會食府，提升到國際美食殿堂。「創意」和「欣賞」應該是幕後有力推手。很多世界名都沒有辦法把自己本身的美食位階提高，我想是缺少這兩項只可意會，不可言傳的因素有關吧！

讓人心神陶醉的雪梨歌劇

（周嘉川）

到了世界最美麗的雪梨港，沒有人能忽略橫跨兩岸的拱形鋼架大橋和岸邊不遠處造型獨特的雪梨歌劇院。住在雪梨的我們，當然更不能錯過那裡每年上演有世界水準的著名歌劇。我覺得如果沒有看過她的歌劇，直等於沒有來過雪梨。

初到雪梨的短暫停留，我們就是住在雪梨歌劇院對面的北岸渡口，每天只要走到水邊，就能望見歌劇院的身影，遠看歌劇院的造型有時像一列船上撐起的布帆；換個角度，那白色帶金光的磁片，映著陽光，又像是一串沙灘上的白色貝殼；側面看來似乎又像是一隊行走中修女的白色頭罩。

參觀時簡介中不會告訴你歌劇院是仿照自然界什麼樣的造型，它曾幾次為了經費不足而停工，最後是靠發行彩券拖了十多年才完工。當時的設計大師來自北歐的 Joern Utzon 因為建造時圖樣改變太多，一氣之下不承認這是他的作品，也沒有來參加落成典禮。但是它豐富創意的造型，仍然被公認為廿世紀最為人稱道的建築物之一，每天不知吸引多少人前來參觀。

搬回雪梨那年，看到雪梨歌劇院正在上演蝴蝶夫人，就決定選擇這齣日本為背景的東方故事，開始我的歌劇欣賞。

心裡正擔心聽不懂怎麼辦？還好歌劇開始後發現舞臺頂端有淡淡的英文字幕，現在已忘記了演唱的是那位聲樂家，只記得是澳洲本地的一時之選。澳洲最著名的女高音貴夫人蘇絲蘭（Dame Joan Sutherland，註：Dame貴夫人是英國女王授給女士的尊貴封號，相當於授給男士的騎士封號。），當時已接近退休，演唱的場數已不太多。

蝴蝶夫人的主旋律聽起來盪氣迴腸，女主人最後因哀傷失望而切腹自殺，真是一齣淒艷絕美的歌劇，看了久久不能釋懷，時不時那段主旋律就會來到腦際，並且輕輕哼唱起來，我就這樣開始喜歡上歌劇了。

後來知道蘇絲蘭夫人要舉行告別演唱歌劇「風流寡婦」（Merry Widow），早聽過她的演唱光碟，雖然她到了晚年已經更發福的體形，很難和嬌嬈多姿的風流寡婦相連，但是還是決定要去觀賞。

那天看著蘇絲蘭夫人在臺上由男主角扶著淺淺的舞蹈，只能說抬腿，我就不由自主的閉上眼睛傾聽，蘇絲蘭的歌聲依舊清亮婉轉，唱到最高音卻毫不費勁，真是出谷黃鶯有如天籟，當下我就決定閉著眼聆聽下去，那美聲真可繞樑三日。

雪梨歌劇院裡有好幾個大小不同的表演廳，在那裡不只歌劇，舉凡芭蕾舞、現代舞和管弦交響樂團的水準都很高，一年到頭歌劇院都排得滿滿的，想要在歌劇院演出，一年以前預訂有時都算晚了。

人們到雪梨歌劇院不一定是只來欣賞表演，有些人專門來參觀，建築本身在朝陽和落霞中各有不同的風貌；有人只

是到歌劇院附近散步，來看雪梨港的美景和歌劇院的風采。

靠近歌劇院的海邊通路上，有一個小小的亭子，專賣新鮮的生蠔，雪梨的生蠔以個頭小和味極鮮美而聞名，遊客喜歡點上一打、兩打的新鮮生蠔，在裡面或外面的吧臺上，一面吃生蠔、一面啜飲來自新省酒區 Hunter Valley 的白酒、一面看著眼前雪梨港中的千帆駛過。

歌劇院裡還有一間最高級的西餐館，歌劇院原本就搭建在延伸出海面的岩塊上，讓人感覺整個建築有如座落在海當中，那間餐廳四面都是落地窗，擋不住港中的落日美景和帆影，更有大群的白色海鷗迎空飛舞，在那兒用餐真是賞心悅目、美食美景相互輝映。

歌劇院就在雪梨最早一支艦隊上岸的 The Rocks 區旁，這整個區還保留了古老的風貌，矮樓和窄街，有酒館、各種手工藝品土產店、上渡船的碼頭和大片的草坪，天氣好的時候，草坪上總是坐或躺滿了人，享受悠閒的時光和暖暖的陽光。

雪梨城中心還有一個大型的演出場地，那就是在中國城附近的「娛樂中心」（Entertainment Centre），許多大型表演團體特別是美國的溜冰團和俄國的特技團，多數在這個娛樂中心演出。另外如美國百老匯歌劇「貓」和「42 街」則選在本禮辦公大廈MLC Centre底下的劇場演出。雪梨的藝術表演非常蓬勃，人民對各種形式的表演活動都熱衷參與觀賞。

有一年義大利歌劇團到雪梨演出場面壯觀的歌劇「阿依達」，他們只來了歌劇中的重要歌者，其它還需要上百人的

壯盛軍隊，都要在雪梨臨時招募，沒想到雪梨歌劇風氣盛行，廣告一出，不出數日就招齊了，只需稍稍提點就能上場。

阿依達歌劇在大軍凱旋時還需要大批動物像老虎、獅子、大象、駱駝和馬，劇團也都順利從雪梨動物園借出。開演前幾日，這些人員軍隊和動物全都拉上雪梨街頭盛裝遊行，引起全市市民的矚目，熱烈期待「阿依達」的上演。

因為場面很大，阿依達是選在雪梨的足球場搭臺演出，那天我們還約了學妹黃沁珠一同前往觀賞。那是我第一次在室外露天觀看歌劇，只見場子裡搭起了一個碩大的金字塔布景，天空還微微飄著雨絲，我穿著風衣也帶了傘，好在開演前不久雨就停了，雨似乎都沒有減低人們來欣賞阿依達的濃厚興緻。範圍大又加上上百人和大規模的動物助陣，使場面雄偉壯觀極了，觀眾在那樣的氛圍中，可以感受到無比的興奮和融入實景的震憾！

雪梨娛樂中心的表演場也比較寬闊，我們還在那兒看了一場國外團體表演的歌劇「卡門」，軍官騎著馬兒跑上舞臺，也很壯觀奔放！當時看那兩場歌劇都感覺劇力萬鈞。現在這種在自然景觀中演出歌劇的方式似乎也越來越盛行了，有些甚至還加上高科技的聲光雷射布景和燈光的虛實疊影，或許更能創造出真假不分的幻像。但是說實在的，我還是比較喜歡實景和實物的演出，比較容易有真實的感動！

在雪梨看各種各樣的表演是我們最主要的娛樂活動，因為表演水準一流，會讓人覺得在那裡看藝術表演，真是莫大的享受。離開雪梨心中最大的缺憾就是往後能欣賞到如此高

水準的演出機會已越來越少了！

歌劇「阿依達」在雪梨體育場作戶外演出；場上搭起金字塔和人面獅身像。

「阿依達」演出的場景，馬隊和猛獸全部上場，十分壯觀。

贏得美國盃帆船賽冠軍澳洲全國瘋狂

（楊本禮）

一九八三年 9 月 26 日可以說是澳洲全國進入抓狂的日子。澳洲總理霍克形容澳洲人已跡近瘋狂而無心工作，今天應該是全國放假日以慶祝澳洲奪得美國杯帆船賽冠軍，打破美國帆船俱樂部擁有一百卅二年不敗的紀錄！

說句老實話，澳洲人雖然熱衷體育活動，但懂得玩帆船的人並不多，因為這是屬於高收入人的玩藝，一般人根本玩不起，更遑論去了解遠在美國的美國杯帆船賽了！因此，當西澳富豪艾倫・龐德（Alan Bond）率領大隊人馬，帶著他引以為豪的「澳大利亞二號」帆船（Austracia II）前往美國羅德島州新港（New Port, Rhode Island）向世界上以帆船賽而出名的大國如美國、英國、義大利、法國和西班牙的帆船俱樂部所屬的頂級帆船高手挑戰，澳洲的媒體根本沒有給它多少篇幅報導，媒體對澳大利亞二號的勝率是「看衰」的！

美國杯帆船賽一共有一百卅二年歷史，在過去這一百多年當中，雖然有不少強國窺伺，但美國帆船俱樂部派出去應戰的船從來沒有失手，因此，美國杯也一直展示在美國帆船俱樂部大廳內，成為「鎮會之寶」。在世界眾多的帆船賽中，美國杯是屬船長十二公呎的帆船比賽。龐德曾派澳大利亞一

號參加上一次比賽,但鎩羽而歸。因此,媒體不看好八三年的比賽不是沒有本的。不過,龐德在出賽前信心滿滿的說,我們有致勝的「秘密武器」。但他沒有宣佈「秘密武器」的內容,媒體譏評為自我膨風!

不過,「澳大利亞二號」在初賽中曾有優異的表現,一舉擊敗其它挑戰者,然後再向美國帆船俱樂部的「自由號」（Liberty）挑戰。（註:美國帆船隊不需參加初賽,直接進入決賽。）於是,澳洲的媒體也開始注意起來,大批文字記者趕到新港,而澳洲廣播公司也安排電視實況轉播、透過文字和電視畫面的「快速洗腦」,澳人才了解美國杯帆船賽是怎麼一回事。

當「自由號」和挑戰者「澳大利亞二號」進入決戰時,後者表現不如預期,在七戰四勝中,首先卻以一比三落後,處於極不利的地位,因為在過去一百多年的比賽紀錄中,從來沒有人能從一比三的落後中翻盤。一九八三年9月20號,「澳大利亞二號」的成績是一比三落後,可是,到了9月24號,局勢丕變,「澳大利亞二號」不但沒有被淘汰,反而追成三比三平手。

最後一戰是在澳洲東部時間9月26日清晨五點舉行。那天凌時過後,澳洲各大城的酒吧和各式各樣的私人俱樂部擠滿了人潮,每個家庭的成員,除了小孩之外,都圍在電視機前看實況轉播,每個人都想變成歷史的見證人。澳洲總理霍克也特別飛到設在西澳伯斯城外港佛利門多（Freementle）的龐德總部,和會員們一同見證歷史。

　　比賽開始時，「澳大利亞二號」一直處在劣勢，最壞的情況是落後「自由號」五十七秒，負責電視轉播的評論員也用悲觀的口吻形容「澳大利亞二號」處於極為不利的地位。不過，「澳大利亞二號」船長約翰・貝特蘭德（John Bertrand）也不是省油燈，他一路追趕，且在幾個轉風位的卡位（Tack）中，都取得有利地位，於是，「澳大利亞二號」從落後到追平然後到超前，最後到達終點時，卻以領先四十一秒的絕對優勢，贏得美國杯帆船賽冠軍。電視轉播員用激動的口吻說：「貝特蘭德船長創造了歷史！」於是，澳洲人抓狂了！人潮從各俱樂部、酒吧及住家衝到街上，汽車的喇叭響個不停，趕著上班的人，即使是素昧平生的人，都彼此笑臉相迎，慶祝歷史紀錄締造的時刻。

　　霍克總理清晨五點多在西澳佛利門多的澳洲帆船俱樂部門前接受記者訪問。他說：「今天應該是澳洲全國放假日，因為全國人民都全部浸淫在慶祝的快樂的氣氛中，如果還要上班的話，一定是一個傻瓜。」不過，因為時差的關係，東海岸的澳洲人已打卡上班，然而，他們一到了辦公室就打開電視繼續收看來自美國的實況轉播。沒有電視的辦公室，員工們也走出辦公室，擠到附近有電視的咖啡室、酒吧、餐廳等地方看電視，所有辦公室幾乎是十室九空。等到霍克全國放假的消息傳到東岸，開小差出外來看電視的人，就變得理直氣壯了！

　　「澳大利亞二號」回到新港之後，以龐德為首的一千多名加油隊伍一擁而上，開香檳之聲不絕於耳，有如中國人放

鞭炮。最後，龐德站到講臺上對來自世界各國的媒體和慶祝的人們說：「在太陽之下，每個人都有他們自己的日子，可是，今天是我們的日子，我會珍惜它而且永遠不會忘記！」隨後，記者們紛紛舉手，問題似乎只有一個，問他先前所說他擁有的「秘密武器」是甚麼？龐德說：「半小時之後請跟我來，一同看看『秘密武器』！」緊張的卅分鐘過後，大夥一同到港口，「澳大利亞二號」已抬起來放在碼頭的固定地點，全身用銀色布幔蓋起來。等到龐德到後，「澳大利亞二號」的船員把銀色布幔掀起，大家看清楚了「澳大利亞二號」的龍骨（Keel）。龐德說：「基於上次失敗的經驗，他接受了修正龍骨的建議，因此，獲得了史無前例的勝利。」（註：事後，美國帆船俱樂部對「澳大利亞二號」的龍骨提出疑義，認為有違規之嫌，但只落得酸葡萄的譏評，世界帆船驗證協會根本沒有討論這回事！）

　　於是，龐德在一夜之間成為全國的英雄，他的事業也隨著「全國英雄」的光環而無限擴張。龐德團隊的經營方針，也廣為澳洲各大企業的取經對象，龐德熱也散發開來！

　　不過，龐德無限擴充的經營方式也為本身帶來了危機，一九八六年澳洲的經濟陷入蕭條，龐德集團的財務也出現危機，為了挽救財務困難，龐德四處出外投資，他最大的敗筆是動腦筋投資到智利獨夫皮諾切（General Pinochet）的身上，此舉觸怒了霍克總理，因為他一向批評皮諾切將軍摧毀人權的罪行不落人後，當他看到龐德的投資舉措之初，曾透過友人私下向龐德勸阻，但沒有收到效果，直到一九八七年

8 月 14 號，霍克公開站出來對龐德為了投資智利而讚頌皮諾切的言行深為不齒，兩人的親切關係也因而結束。一九八七年 10 月 19 日，澳洲發生空前未有的股票大災難。「黑色星期五」也讓龐德集團倒閉，結束短短不到四年的風光歲月。

美國帆船杯大賽的風潮因龐德而起，也因龐德而終，澳洲帆船俱樂部在來屆的衛冕賽中失利，把美國杯送還給美國帆船俱樂部，繼續在新港的俱樂部展示。隨後，龐德因破產而身入囹圄，設在佛利門多的帆船俱樂部也因失去帆杯而人去樓空！

工作篇

東亞旅遊協會澳洲分會

（楊本禮）

　　東亞旅遊協會澳洲分會（East Asia Travel Association, Australian Chapter 簡稱EATA）是一個由會員國政府資助的機構，總部設在東京，會員國包括日本、中華民國、韓國、泰國、菲律賓、新加坡、香港和澳門。成立的主要目的是集體推廣旅遊景觀，把會員國本身的優點，向世界旅遊市場推廣。因為中華民國是正式會員國，因此，當我在雪梨成立辦事處之後不久，當時擔任澳洲分會主席的日本國家旅遊組織派駐雪梨辦事處主任KAWAI先生來函告知，希望我能申請加入，參與推廣行列。因為國家航空公司是 EATA 的贊助會員，而嘉川是華航駐澳洲業務代表，因此雙雙填表加入，正式成為澳洲分會會員；首創夫妻同時都是代表的案例。

　　我們第一次參加 EATA 的集體推廣是到澳洲北疆的達爾文城。那次推廣會議十分成功，除全體團員都出席外，應邀前來參加座談會的業者出席率也達到百分之九十五。當時澳洲分會的主席是 KAWAI 先生，他在座談前特別介紹我和嘉川，因為中華民國臺灣的名字是第一次在北疆旅遊業界中出現，我們也就變成「熱門人物」。由於長久的隔閡，北疆業者對臺灣的常識了解有限，故回答問題時要十分有耐心，因

為「臺灣在那裡？」「臺灣是不是泰國？」（註：因 Taiwan 和 Thailand 都是 T 開頭。）因此「誤把馮京作馬涼」的笑話也就不足為奇了！

在 KAWAI 先生擔任主席期間內，EATA 還集體到塔斯曼尼亞省推廣。塔省是澳洲的外島，山明水秀，是一個以原始森林取勝的地方。那次推廣地點是在塔省省府荷伯特城會議中心舉行。塔省推廣會有兩名會員缺席。一是新加坡會員，因新加坡政府決定退出 EATA 組織，目的是要把經費移作他用；另一個缺席的會員是菲律賓，因為菲國政府財務拮据，已有兩年欠繳會費而被停權，不得參加EATA任何推廣活動。不過，新加坡航空公司和菲律賓航空公司仍然是贊助會員，到荷伯特城推廣並沒有缺席。在推廣會期間，我們再沒有碰

每年到各地推廣，此次在達爾文。

到很多「馮京、馬涼」的問題。讓我驚訝的是，我和嘉川帶去的海報和資料卻被業者索取一空，等到最後一天，我們的推廣櫃臺上已無資料可發，在萬般無奈的情況下，只好把名片當作資料，希望業者能保持聯繫。等我們回到雪梨之後，還經常接到索取資料的信，這可以說是意外的收穫。

按照EATA章程規定，EATA駐各地分會主席的任期是二年一任，連選得連任一次。KAWAI先生第二任任期未滿前，因為職務調動，必須離開雪梨回返東京總部出任新職，於是，他遺留下的職務由當時泰國國家旅遊局駐雪梨辦事處主任MR. Tassna Wongrat替補，直到任期屆滿為止。一九八六年4月，EATA 澳洲分會推選主席，本來 MR. Wongrat 可順理成章出任，可是，他在開會時表示，他已接到新職派令，不久要去倫敦就任。於是，會員們一致推舉我擔任 EATA 澳洲分會主席。因為這是一種榮譽，我欣然接受。

按照EATA的組織章程規定，每年要召開一次市場會議，地點選在散佈世界各地分會所在地召開。會議的主要目的是要討論預算的分配和來年推廣的重要內容。一九八六年9月，EATA的年度會議在倫敦召開，於是，我代表澳洲分會前往倫敦出席會議。早在會議之前，我就向澳洲分會會員徵詢意見，以便在市場會議中提出。由於會員們的熱烈反應，而且見解創新，因此澳洲分會在市場會議中提出的年度報告在無異議的情況下獲得通過。加強和媒體的聯繫是報告重點之一，市場會議主席是蔡永寬特別把這點提出來，要求其它分會會員比照辦理。於是，多和媒體互動成為日後EATA的推廣主軸，

就在倫敦會議中定調。我從倫敦回到雪梨之後，隨即和會員們討論如何和媒體溝通這個項目，會員們一致認為應該和「澳洲旅遊作家協會」（Australian Travel Writers Association）保持密切關係，EATA也決定邀請旅遊作家們參加我們特別為他們舉行簡報會，並在餐會中充份提供最新旅遊資料，做為他們在撰寫旅遊文章時的參考。我開始時，只是抱著嘗試的心情，可是沒有想到它卻成為雙方合作的模式，一直到我離開雪梨時，雙方定期的交流仍然繼續著。

一九八七年11月，我代表雪梨分會前往巴黎出席一年一度的市場會議。剛好那年六月四日發生「天安門事件」，於是在會議時歐洲代表們提出了一個臨時討論的題目——「天安門事件對日後旅遊業的影響」，因為在那個時候，歐美國家對中國大陸還是採取「制裁」的態度。但EATA的會員們都認為，這個問題涉及太廣，影響程度有多深？有多遠？沒有人能找出答案，於是全體會員一致認為EATA不宜接觸這個問題。全體一致的結論讓大會主席蔡永寬和總部代表佐籐先生都鬆了一口氣！

我擔任EATA澳洲分會主席長達四年之久，因為分會是沒有永久會址的，誰擔任主席，分會的地址就設在主席的辦公室內。主席的秘書也就由主席辦公室的秘書兼任。我的秘書李明珠女士中、英文俱佳，她的最大長處是為人和藹可親，辦事效率高。她從來沒有為額外的工作而抱怨過。因此，我在EATA分會主席期間，會務推廣特別順利。

一九九〇年4月，我任期屆滿，於是，經過會員們的推

選，日本國家旅遊局駐雪梨辦事處主任竹之下久義出任EATA
澳洲分會主席。同年9月，我奉調職令，年底前要前往新加
坡出任駐新加坡辦事處主任的職務。一九九○年11月6日，
竹之下久義（Hisayoshi Takenoshita）特別舉行盛大的惜別晚
宴，代表全體 EATA 的會員為我和嘉川送行。他說：「楊先
生對 EATA 的最大貢獻是創造了一個和睦的環境，讓 EATA
與澳洲的業者和媒體都能在互利的情況下順利完成每一次的
推廣活動。」他還代表 EATA 送給我一個由澳洲尤加利樹樹
幹製成的一個象徵友誼長存的狀如花瓶的木彫擺設作為紀念
品（見附圖），這個木彫擺設到現在還保存在我們家的客廳
內，每當它在我的眼簾出現時，那段美好的時光就會在記憶
中浮現，久久不能忘懷。

竹之下久義代表 EATA 贈送澳洲特產原木彫花瓶送給我和嘉川
作為紀念，這個原木彫花瓶至今仍擺設在我們的客廳裡。

小而美的家庭推廣團

（楊本禮）

在澳洲的推廣歲月裡，最值得懷念而被人稱頌的就是：「小而美的家庭推廣團」；因為除了我和嘉川外，大女兒楊智婷也參加了推廣活動，主要項目是表演從臺灣學的民族舞蹈。

「小而美的家庭推廣團」第一次初試啼聲是應邀到斐濟出席觀光會議，智婷連續兩個晚上在會議場所的游泳池畔，迎著西沉的太陽，婆娑起舞。她第一晚上跳的是扇子舞，第二個晚上跳的是筷子舞（見附圖一）。讓與會的人大開眼界。最興奮莫名的是，我駐斐濟代表甯紀坤，因為他出使斐濟多年，從來沒有這麼風光過。最重要的是，我青天白日國旗得重懸於斐濟。（註：見親筆回函）

說起來也是巧合，我們剛到墨爾本不久，就接到交通部觀光局來的速電，說是要配合總體外交，要我立刻到斐濟首府蘇瓦，出席在那裡舉行的國際觀光會議。電文中並把甯大使的聯絡電話告知，要我直接和他聯絡。那是一九八二年 6 月中旬，墨爾本雖然已進入初冬，天氣轉寒，要改穿著厚衣服上班。我到辦公室的第一件事就是和甯大使聯絡，電話接通之後，他說這是一項很重要的國際觀光會議，要我務必在

6月26日到達蘇瓦，因為國際觀光會議是在28日開幕，由於時差和接駁班機的關係，我們到達蘇瓦已是當地時間27日的下午。我算了一算，只有一週的準備時間。甯大使告訴我，持中華民國護照的人不需辦入境簽證，可以讓我們節省一些時間。他追了一句話說：「大會有兩個戶外晚宴，還有表演節目餘興。」弦外之音是指，如果我和嘉川能表演的話，也可以上場一展身手。

大女兒楊智婷在未出國前，已經在「劉鳳學舞蹈社」學了幾年民族舞蹈，出國前嘉川又送她跟舞蹈家許惠美學幾支舞，並做了幾套專門表演民族舞蹈的服裝。在嘉川的認知中，日後出國，說不定有機會向澳洲人宣揚代表中華文化一面的民族舞蹈。可是，我們都沒有想到出國不到一年就派上用場了！

我們一家三人（註：次女年齡太小，沒有同行，她住在

附圖一
長女楊智婷在斐濟島落日中表演筷子舞後攝於大會晚會會場游泳池畔

<u>褓姆家</u>。）在 6 月 26 日從墨爾本搭乘太平洋航空公司班機直飛斐濟最大城南堤，等了兩小時之後，再轉國內航線飛蘇瓦，已是 27 日下午二點，到旅館之後，立刻和甯大使通了電話，他要我們休息一下，晚上再來接我們到他的官邸，為我們洗塵。我告訴他，長女楊智婷同行，她是專門來表演的；他聽了之後，很興奮的說：「太意外了！我國代表團一定是最受歡迎的！」

我們在斐濟停留一共四天，楊智婷兩個晚上的表演，獲得滿堂彩。斐濟時報特別在頭版刊出楊智婷跳舞的照片，把她形容成像蝴蝶般的飛舞。（見附圖二）。我國駐斐濟大使甯紀坤對時報記者表示，為了增進中、斐兩國的文化和推廣

A dancing butterfly

TERESA YANG floats like a butterfly at Suva Travelodge as she performs a dance of the same name. Teresa, 11 of Taiwan was in Fiji with her parents, who attended the Tourism Convention in Suva. Her father, Mr Punley Yang, is the Taiwan Visitors Association representative for Australia and New Zealand, the family lives in Melbourne.
　　　　　　　　　　　　　　　　　　　　　　　　— Picture by BALRAM.

附圖二

斐濟時報頭版刊出楊智婷跳舞的照片，把她形容成蝴蝶般的飛舞

交流，楊氏家庭推廣團明年會再來。這是斐濟政府第一次舉辦國際觀光會，對斐濟全國上下而言，是一項空前創舉，而我們卻因緣巧合，獲得了一項意想不到的重要收穫。事後，甯大使特別專函外交部轉交通部觀光局，對我們一家配合總體外交所做出的表現，給予感謝和讚揚。第二年我們已從墨爾本搬到雪梨，不過，甯大使還是透過外交部轉交通部觀光局，要我們再訪蘇瓦。他還特別從蘇瓦打電話給我，一再囑咐，長女楊智婷務必同行，因為很多朋友期盼看到她的表演！

　　斐濟雖然是一個島國，獨立前是英國殖民地，但仍保留英國傳統生活方式。我利用機會參觀了一些斐濟獨特的觀光

設施，其中最讓我留下深刻印象的是，在蘇瓦海邊蓋了不少草寮式的房子，陪同參加的人員帶我們進去看。沒有想到外貌有如土著住的草寮，裡面全是現代設備；陪同人員表示，如果在斐濟蓋摩天大樓式的國際觀光旅館，就失去斐濟本土建設的特別風格了！這是一個非常好的創意，於是，我回到雪梨之後，立刻寫了一份報告給觀光局，因為臺灣南部高屏地區的氣候和海灣地形，都和蘇瓦相似，如果業者要發展另類觀光建設的話，類似的建築有參考性指標作用。這份參考並沒有獲得立即性的重視，類似蘇瓦這類形態的建築，等到臺灣民宿風氣展開之後才慢慢流行起來，那距離我提出的參考報告將近是二十年以後的事了！

　　斐濟國際觀光會議結束後，甯大使在他官邸設宴為我們一家送行，斐濟的副總理也是首席貴賓。甯大使告知，本來總理也要來，後來因有要公待處理，臨時「爽約」。甯大使說：他的廚子是從臺灣請過來的，做得一手好的中國菜，斐濟政要們都喜歡他們的菜和臺灣進口的頂級花彫酒，因此，也就變成他的常客了！臨行前甯大使表示，希望明年再來。可是，到了第三年，我沒有接到赴斐濟出席觀光會議的指令，後來輾轉得知，甯大使調回國內，出任總統府第三局局長，我們一家以後再也沒有去斐濟推廣了！

　　一九八二年 9 月上旬，我們一家前往西澳首府伯斯城推廣臺灣。推廣地點設在希爾頓酒店，因為嘉川是駐澳華航代表，因此，請了不少當地旅遊業界人士和與華航有關的業界。推廣會發表會完畢之後，長女楊智婷現場表演苗族舞蹈——

「苗女弄杯」，贏得滿堂喝采，事後西澳省旅遊業新聞雜誌「旅遊聊天」（Travel Talk）刊登出我們「三人行」的照片，並報導我們介紹臺灣給西澳旅遊業者的新聞。（見附圖三）

西澳伯斯城之行奠定了我們在西澳的地位，在往後的歲月中，不論是集體推廣或者是個別推廣，都有不少業者前來我們的聯合展示攤位——TVA China Aur-lines 探詢有關臺灣觀光市場的新聞並索取資料。看過智婷表演的業者，還會好奇的問，Teresa 為甚麼沒有來？

一九八三年 11 月，也是我們從墨爾本遷往雪梨半年以後，PATA 澳洲東區分會市場推廣負責人伊安·麥馬洪（MR.

☐ Mr Punley Yang of the Taiwan Visitors Association was in Perth last week to inform agents about his country. Pictured with him at the seminar are from L to R: His wife Mrs Jenny Yang (China Airlines), and daughter Teresa with Nick Verevis (Stewart Moffat) and Keith Coulthard (R&I Travel).

附圖三

西澳省旅遊業新聞雜誌「旅遊聊天」（Travel Talk）刊登我們「三人行」的照片

Ian Mcma Hon）來電話表示：「臺灣觀光協會既然加入PATA，正式成為澳洲東區分會會員，而臺灣觀光協會在雪梨的辦事處也正式對外運作，何不透過 PATA 這個現有的組織力量為自己做一些公關？」我覺得很有道理，於是約他到我辦公室面談，討論推廣會的細節。麥馬洪次日如時前來和我見面，交換推廣會的推廣內容。最後，他問我：他從西澳業者口中得知，我的長女楊智婷精於中國民族舞蹈，可否請她在推廣會後表演，以娛嘉賓？我說我要問她的學校課程和可不可以請假，然後再給他答覆。當晚我問智婷可不可以請半天假，參加表演，她說表演那天是星期五下午，沒有重要課程，應該沒有問題，不過，還是要徵得老師同意，以示尊重。第二天一早，我到智婷的學校向她的導師請假並說明理由。她的導師聽說智婷要去表演民族舞蹈，不但一口答應，還補了一句說，日後也要Teresa（智婷的英文名字）到學校表演！（註：她在學校表演過兩次！）

我回到辦公室之後就電話告訴麥馬洪，一切都沒有問題，於是他告訴我說：時間是 11 月第三個星期五的中午一點，地點是在希爾頓飯店二樓會議廳。麥馬洪告知，PATA 澳洲東區分會固定在上述日子有餐會，會員可以利用餐時間做推廣活動。他說：因為臺灣觀光協會是第一次在 PATA 澳洲東區分會辦推展，因此，他就把全部時間保留給我和嘉川，一起辦理推廣活動。

那次第一次和 PATA 澳洲東區分會會員見面，因為他們對臺灣相當「陌生」，即使是有邦交的年代，也沒有政府單

位去向旅遊業者展開介紹臺灣的觀光推展活動，何況中、澳自一九七二年斷交後，就好像是一個斷層，到了我們去雪梨之後，再慢慢修補斷層。推展活動一共延續了四個小時，那次智婷是表演的扇子舞（見附圖四），「太平洋旅遊新聞」11 月月刊特別刊登了她的表演照片，並形容是推廣會的高潮。

自那次推廣會之後，我和麥馬洪建立深厚的友誼。我透過他的人脈關係，結識不少業者，也為日後邀請業者訪華起了正面的作用。

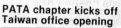

PATA 新聞刊登楊智婷的扇子舞表演圖片

附圖四

長女楊智婷在雪梨 PATA 年會表演民族舞蹈

在海外推廣，全家動員也成了我們的特殊標誌。等到我們從澳洲遷到新加坡，那時長女已成長，她的舞蹈衣服完全由妹妹楊智媛接收。她不但在我舉辦的多次推廣會上穿著不同的舞衣表演亮相，而且還經常在她讀的「聯合世界學院」（United World College）舉辦的「聯合國之夜」穿著民族服裝表演代表中華文化的傳統舞蹈，給來自不同國家的學生家長們留下深刻印象。

在海外工作 20 年的歲月裡，「小而美的家庭推廣團」不但為國家做了不少事，最難得是，二個女兒從小到大都隨著雙親到各國推廣，養成了宏寬的國際觀，這些寶貴的經驗，都沒有辦法從書本中得到。對她們而言，可以說是一種無形的收穫，一生受用不盡。

刊登 R.O.C. 廣告，差一點被趕出境

（楊本禮）

　　一九八三年年底，有一位年輕的澳洲新聞月刊發行人巴利・比頓（Barry Pearton）打電話到我的辦公室，說是想和我見面，談一些推廣問題。隨後，他說他剛創辦了一份名叫「今日亞洲」（Asia Today）的月刊，主題是介紹亞洲的新興市場和商機給澳洲業者，為他們創造商機。因為我到雪梨不滿一年，也需要和各種不同性質的媒體接觸，以便廣佈人脈，為推廣工作做好準備。於是，我和他約定，次日早上十點在我的辦公室見面。

　　第二天上午比頓按時前來，還把他過去十二期的月刊帶給我看，順便做了一些訪問；隨後，他道出了來訪的主要目的，是要我給他廣告支援，因為剛剛發行不久，需要廣告挹注，以疏解財務壓力。因為我看他的月刊內容，是以商務居多，在八〇年代初葉，到臺灣的澳洲人均以商人為主，雖然還沒有「商務旅遊」這個名詞在澳洲旅遊市場上出現，但個別業務後的一天旅遊，在澳洲商圈中非常流行，於是，我告訴他說，因為經費有限，只能象徵性的登一則三分之一版的廣告，表示支持。不過，比頓也很感性的說：「對你而言，雖然只是『象徵性』，但對我而言，真是感激萬分。」因為

我是他接觸過的眾多訪者中，第一個立即答應的主顧。因此他給我特別優惠，登三期，只收兩期的費用。於是，推廣臺灣的廣告，首次在澳洲的媒體上出現。（見附圖。）

前文所述，因為我國和澳洲沒有正式外交關係，而且惠特林領導的工黨上臺時和大陸建交，幾乎把臺灣和澳洲的關係完全撕裂，雖然後來自由黨上臺，（註：惠特林所領導的工黨政府極端偏左，把經濟搞得一塌糊塗，因此他只做了一任就被趕下臺），但對臺灣的政策沒有甚麼友善的改變，我們一家所持入境澳洲的簽證是由移民部發了一紙「旅遊文件」，文件上還註明本證件發給持有人，並不證明澳洲政府承認文件持有人的政府，而文件持有人進入澳洲之後也應該有此認知。另外，「旅遊文件」（Travel Paper）需每兩年更換一次，澳洲政府保留不予延續的權利，這是一份相當「輕視」的文件。

一九八四年4月，我們因為旅遊文件到期，於是透過設在墨爾本的

Take a break from business

TAIWAN R.O.C.

The only "unspoiled" tourism paradise for Australians

Traditional culture
Natural beauty
Shopping
Food and wine

CONTACT:
Punley Yang,
Sydney Office,
Far East Trading Co. Pty. Ltd.,
Taiwan Visitors Association,
Suite 3503, Level 35,
M.L.C. Centre,
Martin Place, Sydney 2000.
Tel: (02) 231-6942, 231-6973
Telex: AA74625 FAETVA

10 ASIA TODAY — FEB '84

這張印有TAIWAN, R.O.C.的廣告，差一點讓我們一家被驅逐出澳洲

「遠東貿易公司」（註：代表處正式名稱）申請延期。不久之後，卻來了一個晴天霹靂的消息，墨爾本辦事處來電告知，我們一家的居留延長期只給延長到 7 月；換而言之，7 月過後，我們一家就不能在澳合法居留，只有「關閉辦事處」這條路可走。墨爾本辦事處還撂了一句話說：因為我是在雪梨，它們不方便進一步處理此事；言外之意不難聽出，一切由我自己負責處理。最讓我不解的是，墨爾本辦事處並沒有把只給三個月的延長期限真正原因告訴我！

處此險峻情況，我想起我在墨爾本工作時認識了一位當時還是執政黨的南澳省選出的聯邦參議員（註：因年代久遠，況且以後沒有再聯絡，其姓名已忘。），請他協助。我和他取得聯繫後，他告訴我說：自由黨目前已不是執政黨，我的第一個難題很難幫得上忙；不過，他告訴我說，據他所知，目前執政的工黨，有兩位參議員對臺灣有良好印象，一位是現任的參議院議長道格拉斯・麥克里連（Douglas McClelland），另一位則是參議員凱利・賽布拉（Kerry Sibraa），他們兩人都是新南威爾斯選出的聯邦參議員，你不妨去找他們試試看，隨後把他們兩人的聯絡電話告訴我。至於我請他幫忙的第二個問題，就是查出問題的癥結所在，他說：「關於這一點，可以代為查詢。」兩天之後，他的秘書來電話告知，說是有人向澳洲聯邦移民部檢舉，說我用 ROC 刊登廣告，觸犯禁忌。這個觸犯禁忌的「罪名」，也讓我百口莫辯。

於是，我立刻打電話給賽布拉參議員，因為議長的層次

太高，不一定能幫得上忙。那天非常湊巧，賽布拉參議員剛好在他的雪梨辦公室，他接了電話之後，我就把目前所遭遇的情況告訴他，請他協助。他回話說：「下個星期三、四兩天會在雪梨，可以找一個地方會面。」於是，我和他約訂下星期三中午在雪梨一家小而美的法國餐館 Papillon 見面，他並要我把有關證件帶全，以便參考。

那個星期三中午的餐會，可以說是我一生的轉捩點。因為結果只有兩個，成或者是不成，中間沒有任何迴旋餘地。Papillon在法文中有蝴蝶之意，所以餐館從進門到餐廳的牆壁上都繪滿了各種形狀不同的彩蝶，栩栩如生。賽布拉參議員進來坐定之後，我和嘉川分別自我介紹，他卻很輕鬆回應說，你們對吃一定很講究，也很有品味，他是第一次由「外國人」請他到這家法國餐館。因為有了輕鬆的開始，我直覺的反應是，我們可能找到了幫我們渡過困境的「貴人」。

於是，我們一邊說，一邊聊，他也一一看過所有文件及那張出問題的廣告，等到上甜點的時候，他對我和嘉川說：這個問題不大，很容易解決；等到 6 月下旬，你們向新南威爾斯州的移民署遞件，然後把收件號碼告訴他的機要秘書，讓他來處理這個問題不大的小問題。是年 8 月上旬，新南威爾斯州移民署來電話告知，我們申請延期居留的申請已獲聯邦移民部批准，期限是兩年。我接到這個電話之後，就好像是獲得「特赦」，「貴人」賽布拉參議員果然幫我們渡過難關。我也立刻打電話告訴臺北，因為虞為局長曾對我下達指令，務必要把事情辦妥，因為觀光局從來沒有出現過關閉辦

事處的例子。

　　自那次接觸之後，我和賽布拉參議員的交往也綿密起來。隨著友情的增進，我和嘉川認識不少工黨籍的參、眾兩院議員，也為日後的中、澳通航打下基礎。（註：通航詳情會在另外一篇中詳述。）

氣象萬千的澳洲國會大廈

（楊本禮）

　　自從賽布拉參議員為我們解決了簽證問題之後，我們和他夫婦的接觸也就頻繁起來。當時在工黨內部，有所謂左、右兩個派系之別。前者由時任外交部部長海登領導，後者則由財相基廷領軍。首相霍克則是兩派推出的共主。其實，他本人原先是澳洲工會領袖，進入國會只不過兩年多而已，一九八三年 2 月，工黨為了要贏得是年 3 月舉行的大選，以基廷為首的工黨右派議員以「一切為勝選」為名，發動「宮廷政變」，把當時的工黨領袖海登趕下臺，換上了能說善道而極具個人魅力的鮑伯・霍克（Bob Hawke）出任黨魁，領軍作戰。工黨在是年三月全國大選中，以秋風掃落葉的氣勢，一舉擊敗由弗萊塞領導的執政黨，霍克順利出任澳洲立國以來第二十三位總理。

　　霍克組閣之後，為了要撫平「內鬥」的傷痕，讓海登選擇內閣中的任何一個部長位置，海登挑選了外長的職務。霍克出任總理之後，以基廷為首的右派議員紛紛入閣，賽布拉參議員是他手下的大將，於是，在工黨上臺不到兩年之後，他出任參議員外交、國防委員會召集人，明眼人一看就知道，這是要用賽布拉來「管控」外長海登過於偏激靠左的外交政

147

策的棋子。

　　賽布拉出任外交、國防委員會的召集人之後，地位日形重要。但他並沒有因為地位提升而和我們有所疏遠，相反的，接觸機會越來越多。只要是他回雪梨選區的時候，我們都會餐敘。其中最難得的是，每次餐敘，他都會代約一、兩位澳洲聯邦或州的議員介紹給我們認識。他說：議員認識越多，對我們日後的工作推展越為有利。要我不要輕忽州的議員，因為他們都是工黨的地方菁英，日後隨時可以進軍聯邦議會的位置。我當然知道「廣結善緣」的道理，每次見面都有不同的新朋友出現，是一件極為珍貴的事。有一次，賽布拉和我們餐敘時，他介紹了一位名叫李奧‧麥克萊（Leo McLeay）的聯邦眾議員給我們認識。李奧為人豪爽，談吐幽默，我們和他一見如故。他也是從新南威爾斯州選出來的聯邦眾議院議員，屬於基廷派的大將。世事如棋，至難預料，誰也沒有會想到賽布拉和麥克萊日後分別出任澳洲聯邦參、眾兩院議長，不但對我和嘉川本身的工作推動有莫大俾益，而且我們也變成我國駐澳辦事處和澳洲政府聯繫的唯一管道。

　　一九八八年元月是澳洲立國二百年，是年 5 月 9 日，澳洲聯邦國會新大廈在首都坎培拉舉行落成典禮，邀請英國女皇伊麗莎白二世前來剪彩。那場盛會可以說是最具歷史性的。因為遠在六十一年前，也就是一九二七年 5 月 9 日，前來坎培拉主持舊國會大廈落成典禮的人，就是女皇的父親喬治六世。不過，那時他是以約克公爵身分前來這個被譽為「叢林首都」（Bush Capital）的坎培拉。喬治六世加冕登基，也是

十年以後的事，那是因為他的哥哥愛德華七世只愛美人不愛江山的緣故。澳洲聯邦新國會大廈落成象徵著澳洲進入一個新紀元。具有六十一年歷史的老的國會臨時大廈從此走入歷史。

我曾在澳廣的電視特別節目中看到女皇主持國會大廈落成大典的實況轉播，以及國會大廈的特殊建築介紹，其中還特別提到今後參、眾兩院的議長都有自己的專用餐廳，而再不需要共用一室而相互「借用」了。參、眾兩院議長的辦公室美倫美奐，和舊的大廈相比，簡直不可同日而語。

一九八八年 8 月下旬，我接到賽布拉議長機要秘書從坎培拉打來的長途電話，說是議長要在他的專用餐廳以正式晚宴款待我和嘉川，並請一些平日相識的議員作陪。她補充說：「很抱歉，時間就訂在 9 月 1 日晚上六點卅分，因為過了這一天，議長要出國，往後不知道甚麼時候才能排出適當時間，正式請帖隨後寄出（註：見附件）。」我當然尊重賽布拉議長的決定，因為國會新廈距女皇主持落成大典不到四個月時間，我和嘉川就受到邀請，對我們而言，是一種極大的榮耀。

一九八八年 9 月 1 日上午，我和嘉川搭乘 Ansett 航空公司國內線飛到坎培拉，我們利用下午時間參觀了國會大廈的外景（見附圖），特別是國會大廈前的大噴水池，水柱透過太陽的折射所呈現出的繽紛彩虹，簡直是美麗透了！隨後我們又信步走到噴水池兩旁的花圃，9 月 1 日正式澳洲春天的開始，很多花朵已含苞待放。我覺得，有些時候看滿園含苞待放的花朵，還會比繁花滿園來得有意境。

澳洲參議院議長正式請帖，內頁附受邀作陪名單、菜單和酒單。

請帖內頁上款標明參議院議長賽布拉及夫人為邀請本禮和嘉川所設之專宴

DINNER

PRESIDENT'S SUITE
PARLIAMENT HOUSE, CANBERRA

Dinner hosted by the President of the Senate,
Senator the Hon. Kerry Sibraa and Mrs Yvonne
Sibraa in honour of Punley and Jenny Yang

Guests:

Deborah Hamilton and Senator Terry Aulich
David Beddall, MP
Annette and Steve Dubois, MP
Ross Free, MP
Jenny Scott-Gorman and Russ Gorman, MP
Ted Grace, MP
Janice and Leo McLeay, MP, Deputy Speaker
Senator John Morris

6.30 for 7.00 pm
Thursday 1 September 1988
Parliament House, Canberra

Slice of Ocean Trout
with brown butter

*

Grain fed Sirloin of Beef
with
Green Peppercorn Sauce

*

Fresh Seasonal Berries
macerated in
Curacao Liquer

*

Coffee and petit fours

***

1986 Penfolds Semillon Chardonnay
1985 Lindemans Padthaway Cabernet Sauvignon
Parliament House Fine Old Tawny Port

攝於澳聯邦國會新大廈前，作者夫婦是第一對受賽布拉議長邀請前往參觀的中國人。

坎培拉人工湖噴泉，透過陽光折射後所出現的彩虹

　　我和嘉川準時到達國會大廈的正門，賽布拉議長的秘書已在等候，並帶領我們走過掛滿油畫的長廊，才進入他的貴賓室。賽布拉的夫人已在貴賓室，她說：「議會馬上要結束，凱利和同僚們隨後即會到達會客室和我們見面。」大約過了半小時，賽布拉議長走進了貴賓室，其他的朋友和他們的夫人也魚貫而入。那是一場友誼洋溢的盛會。因為都是經常見面的熟朋友，到了賽布拉的專用餐廳也格外熱絡。那次見面，我才知道麥克萊已被選為眾議院副議長。我想：他榮登眾議院議長的寶座為時不會太久。外界傳聞，海登派的議長將會在是年年底退休。李奧走過來和我們親切握手，他說：「我和你們一樣，都是第一次受邀到參議院議長的專用餐廳用餐。」我隨即打趣說：「相信不久，也會受邀到你的專用餐廳用餐了！」他聽了哈哈大笑的說：「We will see! We will see!」

　　那是一次值得回味的晚宴，賽布拉議長在致簡短的歡迎詞上說：「今天我和內子以及同僚和他們可愛的另一半在新的國會大廈和本禮、珍妮（嘉川英文名）見面，象徵雙方友誼有了新的開始，我希望在座的同僚們和我一樣，為雙方的共同利益而做出集體貢獻。」我答謝的時候說：「今天是澳洲進入春天的第一天，我和珍妮能夠受議長閣下和夫人的邀請來此作客，並和老朋友見面，意義非同凡響。今天下午，我們曾去大廈外的花園參觀，滿庭花苞，相信不久之後，雙方友誼就會像春花一樣盛開了！」

　　杯酒言歡之餘，最後，麥克萊副議長站起來說：他希望

今天的聚會不要流於一般形式的聚會，本禮回雪梨之後不妨多和今天邀請函上（註：見附件）的貴賓們進一步聯繫，然後再從他們的關係認識更多的朋友，以便形成一股力量，增加有利臺灣的發言！他的話，觸動了我的靈感，等到回雪梨之後，順利組成了澳洲工黨親臺灣連線。

澳洲工黨的「親台灣連線」

（楊本禮）

　　用「無心插柳柳成蔭」這句詩來形容澳洲工黨「親臺灣連線」的形成，最為恰當不過。老實說，要不是為了解決居留的簽證問題，我做夢也不敢想會和賽布拉參議員變成莫逆之交。要是簽證問題一開始就順利解決，也就不會有日後一連串的故事發展。諸事在冥冥中自有安排，一點都不假。

　　和賽布拉參議員認識不久之後，那時正值八〇年代國內經濟起飛的年代，我國的經濟發展，不但受到區域的重視，在世界上也嶄露頭角，透過經濟的實力拓展外交領域，也成為當時政府外交政策的主軸。於是，廣泛邀請各國國會議員訪華，成為時尚。我國派駐海外單位是否能邀請當地有力人士訪華，自然是年終業績考核的重要依據。於是，為了配合總體外交，我把賽布拉參議員介紹給我有意願訪華的聯邦參、眾議員的名字交給我國外交部駐雪梨辦事處負責人劉國興，由他安排訪華細節。這種合作方式，甚為有效。不過，受邀訪華的議員回到澳洲之後，到是常和我有聯繫，這可能是我和賽布拉議員有良好互動有關吧！

　　每次訪華回澳的議員，我都會請他們吃飯閒聊，從輕鬆的對話中，聽聽他們對訪華的印象，而我也適時利用機會，

反應我們的期待，通航自然是重點之一。

記得有一次和麥克萊議長餐敘，那次主要目的是慶賀他「扶正」，在座還有兩位他的好友眾議員：史提夫‧都布瓦（Steve Dubois）和大衛‧比岱爾（David Beddall）。麥克萊很風趣的說：他現在當上議員，日後對有關對有利臺灣的發言，自然會獲得更多的重視。於是，嘉川接著說：「請議長為早日達成中、澳通航多多發言。」麥克萊說：「老實講，澳航和華航互飛是有實際上的困難，應該從務實方面著手。」我接著說：「何不用日亞航的模式？由澳航組澳亞航子公司飛臺灣。」隨後，我簡單的把當年中、日復航的經過簡單的告訴他，我說：「日本人行，為甚麼澳洲不行？」他聽完之後，連說這個點子太好了有三次之多！（It is a splendid idea）。可能正如他所言，他的發言份量會更受重視，因為日後澳航果然是組子公司澳亞航飛臺灣！

在眾多訪華議員中，我和都布瓦議員有過一次寶貴的交往經驗。一九八七年 7 月 11 日，澳洲舉行聯邦大選。按照澳洲法律規定，選舉前一月，候選人才能展開競選活動，候選人的競選經費也有規定。八七年 6 月初，我接到都布瓦議員的一封募款信，說他要在他的選區舉行募款餐會，到時總理霍克會來為他助選。於是，我象徵性的寄了一張三佰元的私人支票給他，聊表心意。他接到支票後立刻回電話說：十分感謝支持，並表示我可以邀請朋友出席募款餐會。我答應他會準時出席，並請八位僑界領袖連同我和嘉川到場助陣。

那天晚上的募款餐會讓我留下深刻印象，澳洲的選舉實

在樸實無華，餐會是在市區的一間大會堂舉行，那天晚上大概有卅桌，每桌十人，總數不會超過三百人。餐會進行時，沒有喧嘩聲，會場井然有序，更沒有冗長的政見發表會。霍克總理準時八點到會場，全場為他起立熱烈歡呼。隨後他即上臺發表簡短而強有力的演說。他說：「只有選工黨的議員像都布瓦這類優秀人才進入國會，澳大利亞才會有救！」隨後，他每桌致意。當他走到我們這桌，看到全是亞裔，已經十分驚訝！等到都布瓦介紹我和珍妮給他認識時，他睜著大眼說：「來自臺灣？」好像一付不敢相信的樣子！然後他和我跟嘉川熱烈握手，沒有任何「政治歧視」！最難得的是，他很友善的和大家合影留念！（見附圖。）僑界領袖們對能和總理合影，感到無比的興奮。僑領之一的司徒惠初說：「我在澳活了六十年，這是第一次和總理合影，真是生平大幸！也要感謝本禮兄，沒有他安排，這一輩子都不會有這種機會！」7月11日大選揭曉，霍克領導的工黨政府三連霸，創下澳洲工黨執政的紀錄。其中值得一提的是，到過臺灣訪問的親華工黨議員都順利當選連任。國會親臺灣連線無形中組成。誠如麥克理所說，親臺的國會朋友們默默中為臺灣做了不少事。其中最值得一提的是，持中華民國護照來澳訪問的人，只需要在護照上蓋騎縫簽證印章即可，不需再拿那張帶有歧視意味的「旅遊文件」！

　　工黨贏得大選之後，霍克兌現了他的競選諾言，改組政府以提升經濟，放寬國外投資限制。在內閣更換的名單中，最讓人吃驚的是，霍克用明升暗降的手法，把外長海登拱上

有名無實的總督寶座，外長職務交給中間偏右的參議員伊文斯接任。他出任外長，也正式宣告海登外長過於向左傾斜的外交政策正式終結，代之而起的是基廷所主張的務實偏右路線！

　　從那時開始，澳洲的輿論也開始轉向，注重亞太市場變成熱鬧的話題，不能忽視臺灣市場的聲音越來越響亮，越來越廣，這無疑是給親臺灣連線的火力支援，讓他們在國會發言都有所本，不會受到質疑和挑戰。一九八八年年底，澳洲商會也在臺北設立商務辦事處，這不能不歸功於臺灣連線的有力發言，讓政府內的官僚體系不能忽視臺灣的存在和它蓬勃的市場給澳洲帶來無限的商機！

雪梨僑領在國會議員都布瓦募款餐會上與澳洲總理霍克（右四）合影。

和雪梨市長蘇瑟蘭相交莫逆

（楊本禮）

　　有一次和李奧・麥克萊相聚，他對我說：除了國會議員之外，他願意介紹一位很有身分的人給我們認識，雖然他在政壇上沒有很大的影響力，但是地位崇高，受人尊敬，能和他交個朋友，對日後工作的推展，只有好處沒有壞處。我問：「他是誰？」李奧語帶神秘說：「暫時保密，等到下次見面時，你們就會知道他是誰了！」因為廣結善緣是我工作的宗旨，於是即時和李奧約定下次見面的地點、時間，由我作東請客，我對李奧說：「我會帶一些好年份的酒來助興！」

　　一個月之後，李奧應約前來，但是他說要帶來和我們相見的朋友並沒有出現。李奧說：「不用著急，他會自己來。」於是，我就開了三瓶庫納窩拉（Coonawarra）酒區的舒拉茲（Shiraz）紅葡萄酒讓它們先「清醒」一下，我們則先喝自備的西澳豪頓酒廠（Houghton）釀造的白布根地招牌酒。大約半小時過後，飯店經理到我們的包廂來說：「雪梨市長來了！」神情非常興奮，因為有雪梨市長到他的飯店吃飯，是一件極為「光榮」的事。隨後，雪梨市長走進來。他先和李奧打招呼，然後李奧將雪梨市長道格・蘇瑟蘭（MR. Doug Sutherland, The Lord Mayor of Sydney）介紹給我和嘉川

認識。對我和嘉川而言，這是一件意想不到的大事！蘇瑟蘭為人和藹，沒有一點官架子，他也是識酒之人，看到豪頓白布根地白酒和庫納窩拉舒拉茲紅葡萄酒，眼睛一亮，隨著轉頭對李奧說：「你的朋友很懂澳洲葡萄酒！」李奧回他一句說：「本禮是澳洲酒俱樂部會員，他對澳洲酒的了解，要優於一般澳洲人，比你我都懂！」澳洲人常說，酒是交朋友的最好觸媒劑，我和蘇瑟蘭的一段珍貴情誼，也是從喝酒開始！

隨著時光的流轉，我們和蘇瑟蘭市長的交往次數也就頻繁起來。有一次賽布拉議長對我說，因為他們多數時間都在坎培拉，如果臺灣有朋友來要請客而他們又「困在坎培拉」而無法分身的話，他建議我不妨請蘇瑟蘭市長作陪，有些時候所要收到的效果，會比請他們來得大。因為雪梨是澳紐地區第一大城，雪梨市市長這個頭銜還是非常有吸引力的，他這番話給我不少啟示作用。

和蘇瑟蘭市長交往這段日子裡，有不少事可以追述的，但其中最值得一提的是：當時還是擔任中國國民黨副秘書長的馬英九因公務到訪雪梨，他曾對我表示，有機會的話，可否安排和澳洲國會議員見面。因為前不久，當時擔任中國國民黨海工會主任的鄭心雄來訪，他回去告訴馬英九說我的人脈很廣，認識不少工黨籍的參、眾兩院議員。可是很不巧，他來的時候正好是澳洲國會在開會會期，議員們都要在坎培拉留守，隨時準備應付在野黨提不信任案，如果人數不夠，在野黨「突擊」成功，就會面臨倒閣危機！於是，我對馬英九說出國會開會實情，我說我安排他和雪梨市長中午餐敘，

馬英九一口答應。第二天中午,我和嘉川陪馬英九到雪梨一
家最有名的日本餐廳「燦鳥」(Suntory)和蘇瑟蘭市長進行
午餐(見附圖一。)大家談得非常愉快。這是蘇瑟蘭市長第
一次和來自臺灣的高層要員見面;相信,這也是馬英九訪問
雪梨最有意義的一次餐敘吧!

　　就在許水德出任臺北市市長的時候,剛好我有一次帶旅
遊業者回國考察臺灣旅遊市場,在偶然的場合碰到許市長。
當我在高雄市擔任中廣高雄臺臺長的時候,許水德是高雄市
政府的秘書長,因公務接觸而變成好朋友。他和我們見面的
第一句話是:「可否安排雪梨市長訪問臺北?」因為從邀請

附圖一

邀請蘇瑟蘭市長與到訪的前國民黨副秘書長馬英九共進午餐。左為筆
者

市長進而達成姐妹市結盟是當年外交政策的一環。我回答他說：「等我回雪梨之後立即安排。」

我回雪梨之後的第一件事就是請蘇瑟蘭的秘書儘快安排我和市長見面，那位秘書小姐知道我和市長的關係，隨即答覆說：「明天早上十一點市長有空，你可以到他辦公室見面談事情。」我說：「好，明天見。」大約過了一個小時之後，蘇瑟蘭的秘書追來一個電話，說是市長明天中午想在他市府專用餐廳請我和嘉川便餐，午飯前順便參觀一下市政府，我也就答應下來。

第二天早上十一點，我和嘉川到達雪梨市政府，它們稱之為雪梨市政大廳（Sydney Town Hall）。這是一棟古老的哥德式建築物，一八七〇年落成沿用迄今。它的旁邊也是一座古老的英國聖公會教堂，和它不遠處，就是維多利亞女皇大廈（Queen Victoria Building），這三棟古老建築物成為雪梨市區的地標。（註：雪梨市區面積不大，通常稱雪梨是以大雪梨（Metropolitan Sydeny）地區稱之）。蘇瑟蘭的女秘書已在門前等候，並帶我們參觀這座有一百多年歷史的市政廳，其中最具吸引力的是陳列在市政廳內的大型管風琴，至今還在使用。十一點半我和嘉川到了蘇瑟蘭市長的辦公室，面積不大，但古色古香。我們坐下來之後，他說：「先談事情，再用午餐，免得不消化。」我說：「我來的目的，是代表臺北市長許水德邀請閣下訪問臺北，相信這件事不會讓你不消化。」他聽完之後，立刻興高采烈回應說：「我可以好好吃一頓飯，不怕不消化了！」午餐過後，他親自送我們出門，

並拍拍我的肩膀說：「本禮，聽你的好消息！」我回辦公室後，立刻和外交部駐墨爾本及雪梨兩辦事處取得聯繫，他們的反應也很興奮，不久之後，蘇瑟蘭市長接受許水德市長的正式邀請，前往臺北訪問。這是中、澳斷交以來，第一位澳洲重量級人士訪華！

蘇瑟蘭訪問臺北歸來後，我和他隨即見面，他說，臺北給他留下深刻印象，他希望日後能有更多工黨重量級人物訪臺。他很幽默的對我說：他沒有想到許水德的臉形，幾乎和美國諧星大師鮑伯・霍伯長得一模一樣。我在很多場合裡，不但介紹蘇瑟蘭市長和臺灣來訪的人士認識，同時也利用機會介紹他和雪梨的僑界領袖見面，增進彼此間的了解。大概距他上次訪問臺北不到兩年之後，蘇瑟蘭再度應邀訪問臺北。這次，他身負一個嚴肅的課題，試圖打破政治禁忌，和臺北建立姐妹市！不過，他也知道，這幾乎是一件不可能達成的任務。

從一九八五年到一九九〇年這五年間，我和蘇瑟蘭的友誼，已從初識的泛泛之交而晉升到相互信賴的好朋友。一九九〇年 10 月 15 日中午，他和他的伴侶在市長的專用餐廳設宴為我和嘉川送行，並贈送禮品留念（見附圖二）這是我和他最後一次見面。是年 12 月 15 日我從雪梨前往新加坡出任新職。不過，往後幾年裡，我們還是每逢聖誕節都有賀卡往來，相互問好！

一九九九年，馬英九當選臺北市長不久，我忽然從雪梨接到蘇瑟蘭寄來的來信，他信上說請我轉一封他給馬市長的

道賀信，因為他不知道馬市長的地址，只好麻煩我轉給他。
他在寫給我的信中說，他已完全退出政壇，目前他是執業會
計師。馬市長接獲他的信不久之後，就立刻回信給他，並把
副本寄給我。

　　二○○二年 4 月，我在退休回國前曾有一封信給他，並
把我回臺的地址告訴他，希望日後能有機會見面，但一直都
沒有回音。我在攻讀新聞系時，曾學到美國一則新聞學的諺
語：「沒有新聞就是好新聞！」但願他的近況亦復如此！

附圖二
蘇瑟蘭在其辦公室內贈送雪梨市政府最高紀念品黑瓷燙金並印有雪梨
市市徽袖扣給筆者作為紀念。這付袖扣我至今仍常用。蘇瑟蘭在贈禮
時特別掛雪梨市長徽章以示隆重。

首度舉辦「中華民國之夜」

（楊本禮）

　　亞太旅遊協會 PATA 第 37 屆年會一九八八年 4 月 17 日到 21 日在澳洲墨爾本舉行。這是 PATA 澳洲分會爭取到的主辦國權，以配合澳大利亞立國二百年所舉辦的各種重要活動之一。PATA 中華民國分會為了共襄盛舉，特別組成了一個龐大代表團由觀光局前局長虞為率領前來出席。會議期間及會後，我國代表團分別在墨爾本及雪梨舉辦了兩場內容精彩的「中華民國之夜」的推廣活動，不但贏得場內的中外佳賓滿堂喝彩，澳洲輿論界反應尤佳。出席的僑領用激動的口吻說：「這是中、澳斷交以來，讓人感到最振奮的一次晚會。」

　　澳洲旅遊界銷路最大的「旅遊週刊」（Travel Week）以兩頁的篇幅報導「中華民國之夜」的新聞，圖文並茂。該週刊記者形容「中華民國之夜」是本次年會的高潮。

　　雪梨地區兩家華文報──「星島日報」和「新報」──對墨爾本及雪梨兩次推廣晚會，均有詳實報導，並有專訪亞太旅遊協會秘書長嚴長壽，暢談臺灣菜餚的新趨勢。他對記者說：訪問團的主要示範是如何以西廚設備製作中式菜餚，他認為，臺灣的餐飲業在這方面做得最出色而且有新突破。

　　中央日報海外版也連續有特寫報導。其中值得一提的

是：37 屆年會中每天總有好幾個國家同時舉辦酒會，賓客數目很難掌握，由於臺灣觀光協會駐雪梨辦事處提早通知和宣傳，加上精美別緻的請帖，「中華民國之夜」請到了菲律賓的觀光部長、澳洲觀光協會代表、澳洲聯邦議會參、眾議員、僑領、旅澳學者和旅遊界人士共兩百五十人，讓凱悅觀光大飯店大會堂座無虛席。最難能可貴的事是：「中華民國之夜」正大光明舉行，再沒有任何忌諱，象徵中、澳的實質關係已提升到更友好的層次。

澳洲三大商業電視之一的第十頻道，透過臺灣觀光協會駐雪梨辦事處的事先安排，特別在是年 4 月 26 日晨的「早安、澳大利亞」（Godd Morning, Australia）節目中，以長達八分鐘的時間，現場訪問我國代表團嚴長壽秘書長和拉麵師傅張鴻崙及蔬果彫花師傅楊文典。張、楊兩師傅在現場訪問節目中表演拉麵、用紅蘿蔔彫刻魚網絕技，把中華美食文化，介紹給澳洲全國觀眾。第十頻道「早安・澳大利亞」是全國性的節目，收視率雄踞第一。現場播出的效果遠勝於以分秒論計的廣告宣傳。澳洲第十頻道願意訪問我國代表團，表示澳洲的媒體也消除了它們對中華民國的「政治歧視」。

雪梨東區最大社區報 Wentworth Courier 在是年 5 月 4 日在文娛版報導中華民國 PATA 代表團的雪梨活動，並刊登了張鴻崙師傅表演拉麵、楊文典彫魚網和嘉川及我的照片，該報編輯保羅・哈里斯（Paul Harris）在文中用中華民國的國號稱呼，簡直是一件不可思議的事。因為早在四年前，我只不過在廣告上印有 R.O.C.三個簡單的代號就幾乎被趕出澳洲，

兩相比較，真有天壤之別。（見附圖。）

　　「中華民國之夜」在墨爾本和雪梨兩場演出，把我們的吃、舞蹈、食材表演和音樂，貫穿成一場整體的「推廣秀」，讓外國人真正體驗我們中國人吃的藝術與文化。

　　「中華民國之夜」的兩場晚宴，就是在一道道裝飾美麗、品嚐美味的佳餚和廚藝絕活及一支支舞蹈（包括功夫舞、山地舞），及柔美的中國箏樂聲中進行，也為會場掀起一陣陣的驚呼與掌聲。只見許多各國旅遊記者忙著拍照訪問，他們表示從來沒有看過這麼精彩的演出，也從未參加過如此成功的推展會，可見國內有多麼豐富的文化資產與觀光資源，相信透過「中華民國之夜」推展會，確實達到了塑造我國觀光新形象的最主要目的。

ENTERTAINMENT

Last week the Pacific Asia Travel Association (PATA) staged a gala dinner party, hosted by its Taiwan Chapter in the Hilton's Sugarloaf Bay Room. We were treated to a sumptuous nine-course banquet, prepared by four award-winning Chinese chefs from Taipei who only had two days to create this festival of food. Hung Yu Chang demonstrates the ancient art of noodle-making, above, and Wen-Dien Yang, with Stanley C Yen, PATA's secretary-general, Republic of China Chapter and Ritz Taipei Hotel president, shows the versatility of a carrot, at right. Apart from the vegetable carving and noodle-making demonstrations, dinner guests were also treated to a display of Chinese folk dancing to the soothing sound of the classical zither. Hosts for the evening included Punley Yang, representative of the Taiwan Visitors Association, Australia and New Zealand, and his wife, Jenny, who wears another hat as Australia's regional representative for China Airlines, above right.

The PATA banquet menu included: Chinese-style lobster salad; viceroy tso chicken/deep fried shrimp balls; minced beef wrapped in crispy lettuce; minced meat in a bamboo cup; sauteed prawns; asparagus and fresh scallops; deep fried fish balls; Chinese desserts; and fruit
— Paul Harris

圖中順時鐘方向左起拉麵師傅張鴻 、筆者和嘉川、嚴長壽和蔬果彫花師傅楊文典

觀光局局長虞為夫婦率團前來雪梨墨爾本出席 PATA 年會,與長女楊智婷、作者嘉川合影,虞局長夫婦對楊智婷的舞蹈表演讚譽有加。

✿和華航總代理的互動及監督代理業務

（周嘉川）

　　到澳洲之前，為了接這個華航澳洲業務代表的工作，我曾經參加了華航定期開辦的業務訓練班，增加對航空業務的了解。

　　當時航空通訊來往還是靠電傳打字機（telex），傳真機的利用尚在萌芽階段，而電傳打字就要記住它的許多專用詞語和代號，再加上航空票務結構和如何開票，對我都是全新的術語，只有下死工夫努力記住，那幾個月的訓練，讓我對航空公司的業務有了一個基本的認識，為我往後八年半擔任華航業務代表的工作，打下了紮實的根基。

　　但是談到對澳、紐業務的通盤了解，就要感謝當時的華航業務處客運科科長孫洪祥的認真指導和處長陳恩錦的大力支持。

　　華航在澳洲的總代理是澳籍猶太人李布勒（Isi Leibler）開的一家澳洲最大之一的旅行社 Jetset Tours。華航當時並不飛航澳洲，是個離線航空公司（Off-Line），除了華航，Jetset Tours 還同時代理其它四家離線國外航空公司。因為不飛澳洲，這家旅行社也只是配合不同國度的旅遊項目，把各離線公司的航段容納進去。因此它採用華航的多半是東南亞之間

的短程航段，對我們的業務也並未認真推廣，對華航而言真是有如雞肋——「食之無味，棄之可惜」。

不知是不是因為李布勒是猶太人的關係，讓人感覺神態十分傲慢，一般離線航空公司並沒有在代理公司指派代表的習慣，那時他們代理的幾家航空公司，也只有美國航空有位代表 Mag 女士，但是既然我已到了澳洲，華航也有通知，他們也只好勉為其難為我準備了一間辦公室。我了解自己的位置和工作，對他們的態度倒不以為意，只要我要求的業務推廣和督導，他們能配合就成了，更何況我自己還有更重要的任務，這是後話。

猶太人固然作生意十分摳門兒，但是報上的一則新聞說，李布勒也是全世界救助猶太人脫離前蘇聯，出錢最多的富商之一，從此我對李布勒的印象就全然改觀，生意歸生意，對他個人品格我覺得還是有讓人敬佩的地方。

我搬到雪梨之後，辦公室也隨之搬到雪梨總代理設在港區附近的辦公大樓，但是因為 Jetset Tours 的總部在墨爾本，我們還是經常輪流在兩地舉行會議，而前後兩任代理部門的負責人柯培爾（Coppel）和大衛紐渥（David Newall）及其它工作人員和我都相處融洽。

我要求總代理加強和其它小旅行社聯絡，促銷華航票務，特別是在澳洲的華商和華人社區，或者是作生意、或者是探親，到東方的機會很多，是一塊值得我們推廣的市場。

每年我也分別和總代理在墨爾本和雪梨，各舉辦一次大規模的推廣會，邀請所有的客戶前來參加。最特別的一次是，

在墨城選定美麗的雅拉河上，乘船遊河。遊艇先靠在河岸邊，一邊等客人到齊，一邊舉行雞尾酒會，除了旅行業者以外，我也邀請我國外交部駐澳洲代表朱浙川和他的夫人出席這場別開生面的業務推展聯誼活動。

酒會進行到一半時，已接近黃昏，我們開始開船，沿著雅拉河往上行，一路欣賞日落和沿河風光，無形中拉近了我們和業者之間的距離。旅行業者對首次參加華航總代理舉辦這樣的活動，都覺得開心，也表示今後希望多跟我聯繫，雖然目前華航還沒能飛航澳洲線，業務推展有它的限制，但也一定會盡量向顧客推介華航在全球的航線。

雪梨我則選定了希爾頓飯店的皇上皇中餐廳舉辦推廣聯誼會，那裡的「北京鴨三吃」最富盛名，澳洲人多數喜歡吃中國菜，尤其是經由本禮點配的菜肴，每次都能讓客人讚不絕口，這次活動自然是非常成功，也促成了日後這些旅行業者的大力為華航和臺灣旅遊業促銷。

本禮也大力促成觀光局和澳洲各航空業者合作，舉辦旅行業者到臺灣參訪考察團，其中也和華航合作舉辦多次，我也讓總代理和相關業者派代表到臺灣參訪，了解他們所代理的中華航空公司和公司所代表的臺灣，讓他們在代理華航業務時帶來更大的信心。

那時在東亞各國有一個共同推展旅遊的組織叫東亞旅遊協會（EATA），包括各國的觀光局和具代表性的航空公司都是當然會員，在澳洲也有分會組織，因此我的華航代表和本禮的觀光局代表都是分會會員，每個月會固定在分會會長辦

公室舉行例會。

我們商量每年定期到澳洲各大城市舉行聯合推廣會,每年也會到紐西蘭參加當地舉辦的旅展和推廣會,在當時透過EATA這樣的集團推廣發揮了很大的作用,特別是在澳紐和臺灣都沒有正式的外交關係,為我們排除了許多在參展和推廣活動中遭遇的許多障礙和困難。在澳洲本禮和我,我們是夫妻,也是合作無間的工作夥伴,也因此在澳洲旅遊界很容易就讓人留下深刻的印象,使我們在工作中帶來無往不利的效能。

在澳洲生活的這段日子,甚至我們是全家出動,為工作賣力。我自己曾經是個舞者,甚至在年輕時還曾想過要以舞蹈為終生的職志,只是我也同樣熱愛新聞,畢業後一腳跨進電視,就沒再回頭成了永遠的記者。倒是兩個女兒,也都和我一樣熱愛舞蹈,更沒想到的是到了澳洲、紐西蘭、新加坡,姐妹倆用舞蹈家許惠美和我自己教授的民族舞蹈,每次在本禮和我的旅展推廣會中都大顯身手,豐富了我們活動節目的內涵,也贏得小而美的「一家人推廣團」的美譽。

在澳洲我們一家人的生活和工作都揉和在一起,也讓我深深感受到在外交職場上工作的人,家人在精神和生活上的支持,是多麼重要;更看到了許多駐外人員因為家人沒能來團聚,受到的身心煎熬,多少使他們的工作因此受到影響而大打折扣。

推動直航步步艱辛

（周嘉川）

　　我們派駐澳洲的年代，正是「臺灣錢淹腳目」開始的年代，大家耳熟能詳的例子，如在瑞士觀光勝地魯珊（Lucerne）城著名鐘錶店前懸掛著中華民國國旗、巴黎觀光客雲集的麗池夜總會也在表演中演奏我們的代表性歌曲「梅花」，一向保守的澳洲也開始以投資移民向亞洲特別是臺灣招手。

　　澳航作為澳洲對外主要航空器的機構，自然也注意到臺灣這個值得開發的航空和旅遊市場，更重要的是我們在這個最恰當的時機來到澳洲，秉持著公司給我促成通航的指令，加上本禮和我有志一同，從澳洲國會和澳航的通道，努力推動，才得以打開直航的這扇門。

　　談到和澳航的關係，就不能不提在墨爾本認識的維省澳航總經理包勃‧哈地（Bob Hardie）和市場經理伊安‧卡路瑞（Ian Carew-Reid），我和澳航之間的聯絡就從他們兩位開始，特別是伊安，我們從公事一直發展到兩個家庭之間的密切交往。

　　搬到雪梨沒多久，包勃‧哈地也調來雪梨擔任新省的總經理，澳航總公司就設在雪梨，對我們華航和澳航之後的連

晚宴中的賓客澳航新南威爾斯省經理包勃‧哈地（左二）和夫人。

絡反而更為方便。在他們身上我發覺澳洲人固然很容易交朋友，但是友情需要長時間培養，任何事情在這裡想順利推動，不能一蹴而及，必須等到雙方建立一定的信任感後才能談進一步的合作。

在雪梨頭幾年，華航的領導層都曾因為參加亞太旅遊協會等國際性會議時，到過雪梨來考察，像當時先後的業務處長陳恩錦和孫洪祥、副總經理山繼濤、總經理戚榮春，我一定請包勃‧哈地來和他們相晤聚餐，增加彼此的認識。

華航當時的董事長烏鉞更對開通澳洲和臺灣的直航有很大的期望，每次我和本禮回國述職或率業者參訪團回到臺北，他都會對通航有所查詢和指示。他並以積極的行動，到澳洲

實地拜訪澳航，作深入的了解。

一九八六年 9 月正值澳洲的初春，我為烏董事長安排好訪問澳航的行程，和他一起來的還有企劃處長陳恩錦。我們首先由澳航新南威爾斯總經理包勃‧哈地陪同，拜會了澳航總裁約翰‧華德（John Ward），他非常熱忱的表示歡迎烏董事長到澳航來訪問。

那次澳航為烏董事長安排了非常完整的參觀行程，首先看了飛航模擬機設備，配合世界各大機場的電腦實景影像，作模擬起降訓練；到澳航游泳池看緊急救生訓練；也由艙廚經理陪同參觀供應機艙膳食的作業流程。在參觀艙廚作業時，還讓我們都穿上白色的罩袍和廚師的帽子進場參觀，顯示了他們對艙廚作業嚴謹和衛生的要求。

中午參觀完後，他們就請董事長在貴賓室享用艙廚自己烹調的頭等艙餐點，餐後並且請我們品嚐來自瑞士的梨子白蘭地酒，那瓶中有一顆大梨，據說梨子擺在瓶中，是要經過一番相當複雜的程序，看著小小的瓶口，瓶中卻有一顆大梨，覺得真是神奇，那酒喝起來濃烈香醇，那段參訪行程應當稱為「神奇之旅」吧！

晚上我們在希爾頓酒店的皇上皇餐廳，設宴歡迎烏董事長，特別邀請澳航總裁約翰‧華德夫婦和澳洲當時擔任參議院外交、國防委員會召集人的賽布拉夫婦參加晚宴。烏董事長特別感謝約翰‧華德先生，為他安排了在澳航十分周全的參訪行程，感覺受益良多，也向他們兩位表達日後雙方可以進一步合作的意願。

陪同烏董事長和企劃處長陳恩錦參觀澳航救生設備。

參觀艙廚作業

　　我相信那次訪問，烏董事長一定留下了深刻的印象，因為不久之後我就看到華航總公司在臺北游泳池設置了航空救生設備，對空服員進行實地救生操演訓練，同時也仿照澳航購買了模擬機，配合世界各大機場電腦實景圖像，作模擬飛機起降的訓練。

　　烏董事長這次到澳航訪問，對日後雙方合作，起了決定性的作用，增進了華航與澳航領導人士之間的認識和了解，更重要的是建立了彼此之間的信任，認定彼此是可以在今後航空事業上合作的夥伴。

　　由於我們和澳洲沒有正式的外交關係，通航的事更是事涉敏感，不能大聲嚷嚷，但是我和本禮都覺得時間對了、氣

烏董事長歡迎餐會並宴請澳航總裁 John Ward（左二）

氛也對了，正是我們可以從政界和澳航分頭並進，去努力推動的時候了，但是我們也有心理準備，橫在前面的還有重重障礙，要急也急不來，只有一步一步向前行。

政治上的困難，本禮會詳細描述，也虧得他的努力，建議雙方各自組成子公司通航，澳洲政府接受了他的建議，認為可以一試。又過了一年多，澳航終於主動和我聯繫，表示有意通航，現在可以進行實際的規劃和研究了。可組子公司對飛，雙方飛機上最好不帶國旗。

我頻頻把交涉細節回傳總公司，其間更是一波三折，一點小問題看來要觸礁了，一會兒又是山不轉路轉，像是「山窮水盡疑無路，卻是柳暗花明又一村。」這樣三番兩次的折騰，到了一九九〇年底，雙方終於排除萬難，準備在來年春天直航了！

可惜正在此時本禮接到調職令，要調往新加坡任職，我也只能一同前往。華航企劃處長陳恩錦在我行前捎來一封信說：「在我們飛航澳洲的航權就將在明年春天實現的時候，知道妳要離開澳洲，感覺有些感傷。而妳對華航過去那麼多年的貢獻，我們是永遠不會忘記的。」

澳航組成子公司「澳亞航」，華航也組成子公司「華信航空」，雙方果真在一九九一年 4 月正式直航，我們已早在一九九〇年底飛往新加坡，雖然沒有親眼看到澳洲和我們直航的場景，但是聽到這項訊息，我們心中還是興奮莫名，更對自己能在這件艱巨的任務中也曾出過一份心力而倍感安慰！

中澳通航的一段談判秘辛

（楊本禮）

一九八〇年8月，筆者在高雄擔任中廣公司高雄臺臺長。有一天忽然接到自臺北長途電話，說是觀光局虞為局長有事相約，盼能來臺北一聚。幾天後，筆者和虞局長見面，他第一句話就開門見山說：「本局要在雪梨開設澳紐辦事處，主任一職想請吾兄擔任。」

一、推銷國家形象毅然接受挑戰

經過近兩小時的詳談，筆者瞭解工作的內容，也發現它和新聞工作有相連的關係；再者推銷我國的觀光市場，等於是推銷國家的形象，本身極具挑戰性，於是筆者口頭答應下來。過了不久，筆者徵得當時中國廣播公司蔣總經理孝武的同意，用借調的方式到觀光局出任澳紐辦事處主任的新職；可是，等到筆者上任，已是一九八二年4月18日的事。

久久未能赴任的原因，自然和中、澳雙方關係未能突破而遲遲未能取得簽證有關。筆者在抵達雪梨第一天就下定決心，要為突破有如瓶頸般的狹窄關係，盡最大一份心力。

二、八年辛勤耕耘沒有白費

現在回想，當時的決定沒有錯，過去八年所盡的力，也

沒有白費。記得一九九○年 10 月 11 日，澳洲聯邦參眾兩院
議長聯合在坎培拉國會大廈眾議長專用餐廳設宴，為筆者夫
婦餞行，參議院議長凱利・賽布拉（Kerry Sibraa）用挖隧道
來形容雙方的關係，他說：「現在不再需要用燈來照射，因
為已經看到曙光。」聯邦眾議院議長李奧・麥克萊補充說：
在他的記憶中，參眾兩院議長從來沒有在眾議院議長餐廳為
一位卸任的外交官員送行。你們夫婦是例外中的例外。套一
句現在的俗語，可以說是最高規格禮遇。（見附件一）

　　本文所需要報導的是，旅澳八年來在澳洲的所見所聞，

（附件一）

它是以事件為主題，
並不是以編年為主
題，從各種事件中，
讓讀者了解到駐外人
員在無邦交地區工作
的不易，即使是推展

與聯邦參議院議長夫婦合影並贈送國畫大
師鍾壽仁親筆名畫。

澳聯邦眾議院議長李奧‧麥克萊（最右）在其專用餐廳內設宴為筆者夫婦送行，左二為參議院議長賽布拉。

觀光也不例外。

中澳通航的第一次接觸，發生在一九八二年初，筆者和內子周嘉川（華航駐澳紐代表）在墨爾本舉辦好幾次臺灣觀光市場研討會，從而結識了一位叫伊安‧卡路瑞（Mr. Ian Crew Reid）的人。他的職務是澳航維多利亞省的業務部經理，經過多次接觸後，筆者了解他的真正意圖，原來是負有試探通航的任務。

在八〇年代初葉，澳航居然會有這種念頭，實非始料所及，由於彼此的目標一致，通航的初步構想也由卡路瑞提出。

三、澳航派員試探對臺通航

卡路瑞認為，如果澳航能做華航在澳紐區的總代理，等到兩個公司的關係拉近之後，再談通航，自易收水到渠成之效。當時華航在澳洲的總代理是由一家旅行社負責（Jetset Tours），但成效不彰，華航也有意更換，澳航既然有此提議，華航自然表示可以坐下來談。

是年十月中旬，華航董事長司徒福利用前往紐西蘭出席會議的機會，順道訪問墨爾本，澳航維多利亞省總經理勃伯・哈迪（Mr. Bob Hardie，後出任澳航駐日代表），特別要卡路瑞陪司徒董事長夫婦打高爾夫球（因其本人不會打球），澳航願做華航總代理的事，也在球賽中有了決定。

一九八二年仍然是澳洲自由黨執政，在澳航想來，做華航的總代理應該不會有問題。澳航董事會通過經理部門提出的總代理案之後，循例往澳聯邦政府的交通部呈報。交通部看完之後，也按例知會外交部。於是，問題發生。一九八二年 11 月 12 日，卡路瑞給內子一封簡短的信，（見附件二）說目前不能和華航談做總代理的事。事後，卡路瑞透露，當時的外交部部長湯尼・史屈（Mr. Tony Street）有意見，他恨得牙癢癢的說：「對一個政客來講，說『不』比說『是』容易，前者不需負責。」這是中澳通航第一波折。

一九八三年 3 月 1 日，澳洲舉行提前大選，由霍克率領的工黨，以壓倒性的勝利組閣。惠特林左傾工黨政府以往對我極不利的舉措的陰影，又再度出現。

（附件二）

四、澳航飛航大陸政治味濃

　　一九八三年 4 月，筆者奉調前往雪梨開設辦事處，當時澳航新南威爾斯州經理約翰‧哈里斯（John Harris）是澳航機構的紅人，旅遊界一再傳出他要升任副總裁的新聞，筆者和內子也因推展旅遊的關係而和他結識。澳航和華航之間的友誼，也在歷次的邀宴中建立起來。

　　一九八四年 2 月，澳洲總理霍克往訪大陸。他在北平接受隨行採訪的澳洲記者說：「以世界各國人口比例計算，澳洲是世界各國遊客到大陸訪問平均率最高的一個，因此，雙方通航是刻不容緩的事。」一九八二年，共有五萬名澳人前往大陸觀光，澳洲人口一千五百萬，平均每三百人就有一人訪問大陸。

　　同年 4 月 13 日，澳洲和大陸同時宣佈，定是年九月，雙方正式通航。澳航班機每週由雪梨及墨爾本直飛廣州及北平各一次，中國大陸民航亦由上述兩地直航雪梨及墨爾本。當時的旅遊界及航空界的人士均認為，這是一條政治價值重於經濟價值的航線。同時也是飛一班，虧一班的航線。

　　負責和中國大陸民航談判的澳方首席代表赫然是約翰‧哈里斯，自從他接受任命之後，居然怕見筆者和內子，和以前的情形，判若兩人。霍克總理只不過是說了一句通航的話，至於其他談判的細節，自然不會過問。哈里斯在揣摩意旨之餘，竟然和大陸民航簽訂了一紙極不合理的條約。如果用一句時下流行話形容，真可說是「喪權辱國」。在條約中規定，

雙方盈和虧都需對分，換言之，澳航一班飛機如果客滿，大陸民航班機如果沒有人來坐，那麼澳航賺來的錢，要分一半給大陸民航，而大陸民航的虧損，也要澳航補貼一半。天下那有這麼荒唐的條約！事後，哈里斯在澳航的地位也一落千丈，被打入冷宮。

五、澳航不堪虧損主動停飛

由於霍克的大陸熱，加上澳航和大陸在互通航線的情況下，中澳通航的事也就沒有任何進展，這是中澳通航的第二波折。

一九八六年，中澳通航有了轉機。主因是澳航不堪大陸航線的長期虧損而主動停飛，加上我國的經濟地位日益提升，澳航也想從中得到好處，彼此又有了接觸，而且在層次上也不限於澳航本身，聯邦國會內的重量級的工黨議員，也和筆者主動談通航的事。但事情接觸到核心的時候，澳方卻不願深談下去，總是有所顧忌。最後，筆者接到交通部連戰部長指示，要找出癥結所在後，才發現又是哈里斯種下的惡果。原來，他在簽約時，竟然同意大陸民航提出的條件，在合約上加了一條：「臺灣是中國的一部分，任何澳洲政府和臺灣談通航的事，都要知會中方。」這條賣身契就把澳洲綁得死死，沒有任何迴旋餘地。一九八七年 4 月，澳洲各傳播媒體均報導中澳通航有轉機的消息，適值中共副總理萬里訪澳，有記者向萬里提出通航的問題，萬里很乾脆的說：「我相信澳洲政府會知道怎麼做的！」不知就裡的人，不知萬里何所

指，澳洲政府的官員，當然心知肚明，祇不過有苦說不出而已。

六、旅客激增通航再成焦點

隨著我國外出遊客急速成長，再加上移民不斷湧入澳洲，雪梨臺北航線已成為一條一票難求的黃金航線。澳洲政府在工商界和輿論界的雙重壓力下，對華政策也不得不有新修正，於是，中澳通航的事，都在各種不同的場合中提出來，而且也成為中澳經濟會議的討論主題之一。

遠在一九八五年初，筆者就和澳洲聯邦參議員們，提出通航的模式，筆者反覆問，其他國家行，為甚麼澳洲不行？在各式模式中，他們比較傾向於日亞航模式，但時機未到，他們也知道很難向行政部門，特別是海登主持的外交部反映。

一九八五年 12 月 10 日，在墨爾本發行的「世紀報」（The Age）刊登了一篇訪問筆者的專文，提醒澳洲政府不要忽略臺灣這位好的貿易伙伴，如果不善加對待它就會走掉，文中還特別強調，為甚麼不讓澳航飛臺灣而只讓它飛不賺錢的大陸航線？澳航是在做生意還是在玩國際政治？筆者把這份簡報寄給老友，當時的澳洲聯邦參議院議長道格拉斯‧麥克里連（Douglas McClelland，後從澳駐英大使任內退休），當他收到信的次日，即回信一封，約我於一九八六年初相見（見附件三）

一九八六年 2 月份第一個星期五，筆者請了麥克里連議長及親華的工黨籍議員，而組織子公司來做為未來飛航臺北

的事，也就是那次晚宴中達到共識，他們保證向澳洲總理傳達這個訊息。可是，當筆者把這個有轉機的消息傳給國內有關單位時，卻獲得冷卻的反應，有關單位堅持，一定要華航和澳航對等談判、對等通航。等到筆者把事實真相反映之後，事情才有了轉機，但一拖又兩年以上，這可以說是中澳通航的第三波折。

（附件三）

七、澳航組子公司全權經營

一九八九年 6 月，大陸天安門屠殺事件發生，澳洲也參加歐美國家對大陸制裁的行列。同時澳洲工黨政府改組，左傾的外長海登明昇暗降，出任總督。中間偏右的伊文斯參議員，出任外長。對推展中澳通航而言，是一個很好的機會，因為澳洲政府採取了「主動攻勢」。

是年 7 月 3 日，現任澳洲聯邦參議院議長賽布拉打電話給筆者，說是澳洲政府已同意澳航組子公司—澳亞航—經營臺北航線。並告知澳亞航的總經理是亞倫・特瑞爾（Capt. Alan Terrell）。筆者次日和特瑞爾見面，並請其便餐，據其告知，澳洲政府之所以會改變對華立場，完全是由天安門屠

殺暴行所引發。筆者把此項訊息立刻傳遞給駐墨爾本「遠東貿易公司」朱代表浙川，並介紹兩人認識。按照特瑞爾的原意，是定一九八九年 10 月 6 日，澳亞航以包機的方式載運澳洲出席中澳經貿會議的澳方代表前往臺北，做為象徵性的首航，然後到次年二月，正式通航。

自從筆者介紹特瑞爾和朱代表認識後，有關通航的事，均由他們直接處理，筆者也再沒有過問；可是，事情的發展，並不如想像中那麼順利，包機的事沒有成功，通航的事，自然也「順延下來」。

一九八九年 11 月間，澳洲聯邦自由黨參議員布萊恩·阿契爾（Brian Archer）到筆者辦公室談事情，筆者順便把通航又擱淺一事告知，請其查詢究竟，阿契爾答應代為向外交部詢問。

一九九〇年 1 月 30 日，阿契爾轉來澳外交部長伊文斯參議員給他的回信（見附件四），說明雙方直接通航的談判，只能限於達成商業協定，筆者自然也將原函影本送朱代表參考。

（附件四）

八、通航談判不宜太過複雜

到了一九九〇年中，筆者看到臺北的報紙，說是中

澳通航的談判要附加籌碼，所謂籌碼，自然是要求澳洲政府讓我駐澳洲的代表處升格，和享有部分外交特權。澳洲政府自然也知道我國的「意願」。

一九九○年 10 月 11 日晚，澳洲聯邦參眾兩院議長破天荒在聯邦參眾兩院議長專用餐廳，聯合設宴專為筆者和內子送行，其中有三位部長參加，餐會談話內容自是無所不談，在觸及通航問題時，他們希望在日後談判所涉及的內容，越簡單越好，過於複雜，易生變數。筆者當然了解弦外之音，第二天回到雪梨辦事處後，即將此事轉告朱代表，但聽他的口氣，是要抓住機會，整批交易。

其中值得一提的事，雪梨市長道格‧蘇瑟蘭（Doug Sutherland）也為通航的事扮演了催生的角色。蘇瑟蘭和筆者相交莫逆。一九九○年 10 月 15 日中午，他夫婦特別在雪梨市長辦公室專用餐廳，設午宴為筆者和嘉川送行。由於只有四個人，因此無所不談。中澳通航的事情也很自然提出來討論。他說：「本禮，這件事交給我辦，因為我和伊文斯部長很熟」。

蘇瑟蘭雖然只是雪梨市市長，他在工黨內部的輩分很高，是屬於中間偏右的溫和派。有他拍胸脯保證相助，成功的機會率自然提高。不過，那時距筆者赴新加坡履新的時間日益迫近（是年 12 月 3 日），對中澳通航的事再也沒有接觸。

九、雨過天晴中澳終於通航

筆者是一九八二年 4 月 18 日出任交通部觀光局駐澳、紐

與雪梨市長蘇瑟蘭夫婦合攝於市長專用餐廳內。

辦事處主任的。在任期八年半間，因緣際會認識不少工黨國會議員，往後他們的地位越來越重要，像李奧‧麥克萊出任聯邦眾議院議長，凱利‧賽布拉當選聯邦參議院議長。他們兩位對促進中澳通航，盡了很大的力量。

八年來，通航之事，雖一波三折，但好事雖多磨，最後終於水到渠成。在筆者調派新加坡後的一個月，中澳雙方終獲

在澳洲聯邦眾議院院長辦公室內與眾議院議長李奧‧麥克萊夫婦（後排右一、二）合影。

189

得簽訂民航協定的共識，我國由華信直飛澳洲布里斯本城，澳亞航則代表澳洲飛臺北。

一九九一年 4 月，澳亞航在雪梨舉辦首航酒會，正式寄來請帖，邀請筆者夫婦前往參加。因筆者剛出任新職，且忙於中星旅遊備忘錄正式簽署的工作，不克親自前往參加盛會。但事後澳亞航告知，當時澳大利亞聯邦眾議院議長李奧·麥克萊（Leo Mc Leay）在酒會中代表澳洲政府致詞的時候，開宗明義就說：「沒有本禮和珍妮（嘉川的英文名字）的努力耕耘，中澳是不可能通航的。」

二○○二年我駐雪梨各界慶祝雙十國慶，李奧·麥克萊是澳方出席國慶酒會地位最高的貴賓，他要我的前秘書李明珠女士代轉問候之意。我們的友誼並沒有因別離而結束，反而是記憶的延長。

最後借用印度大詩人泰戈爾的一段詩來抒發駐澳多年心中的感懷。

似海鷗與波浪的接觸
我們相遇、親近
海鷗飛起、波浪捲退
我們別離。

觀光篇

雪梨遊蹤

（周嘉川）

　　前面描寫的是我們在澳洲的生活和工作面，現在我要以一個觀光客的眼光來看我們在南半球走過的地方。墨爾本因為是我們到澳洲住的第一個城市，特別感覺新鮮，因此在生活篇中有較多的著墨，觀光篇中就不再多加贅述；雪梨是住過最久的地方有七年半，倒有許多遺漏之處，讓我在此慢慢道來。

　　雪梨城沿著長長的雪梨港興建，弧形的港灣大橋和如貝殼或帆影一般的雪梨歌劇院，總是深深吸引住了遊客的目光。

　　雪梨港在我們心中留下許多美好的記憶，記得一九八八年澳洲建國兩百年時，它仿照當年最早到達的船舶式樣，浩浩盪盪開進雪梨港，當天所有澳洲和來自國外的帆船都來共襄盛舉，雪梨港白帆點點，像天上銀河中密密的星辰，那景象只能用壯觀來形容。

　　港灣大橋更是我們每日從北雪梨到城區上班必經的通道，每天來往的車輛幾近萬輛，橋上早些年還是用人工收過橋費，造成大塞車，員工每兩小時換一班，只見換班人員兩手捧著一個鐵盒子，裡面裝滿了錢幣，沉沉的抱著到管理處交帳。一直到我們住在那裡的最後幾年才改為自動投幣，但是旁邊還是有員工看著，交班時把錢幣收攏回去，另一方面

雪梨標誌歌劇院

雪梨港灣大橋

也是因為員工工會力量很大，不能隨便減少工作人員的緣故。

在橋上有許多忘不了的景觀，大橋雖有八線道，仍然不敷使用，結果他們想出一個辦法，就是早晚反方向彈性增減車道，不只是號誌改變，每天還由一部車輛在換道前，沿路移動換道柵欄，一天要這樣做兩趟；另外每天走在大橋上，總能看到圓形的拱橋上有兩個工人在上面漆油漆，據說整整一年才漆得完，一年之後，又該從橋頭開始漆了。

對橋的記憶最深刻的當然是每年新年元旦，橋上會放出美麗的煙火圖案和璀璨的煙花，總有幾十萬人擠在那兒等著元旦零時到來；澳洲建國兩百年紀念日那天，大橋開放讓全民步行慶祝，我們也和美林一家攜手走過大橋，總共費時半小時。橋上有八線車道以外，一邊是行人和自行車道，另一邊是火車軌道，不禁對這座在一九三二年完工的交通巨構肅然起敬。

大橋靠城區這一邊的「岩石區」（The Rocks）是當年第一艘艦隊上岸的地方，旁邊就是最古老的住宅區，許多建築仍然保留了原來的風貌，只是全都變成手工藝品和餐館、酒館的觀光區，這裡也是看雪梨港風光最合適的地點。

岩石區不遠處就是遊港乘遊艇的渡船碼頭（Circular Key），遊雪梨乘船是必要項目，雪梨港像條大河，光是看兩岸風光就美不勝收，如果時間多乘渡船可去的地方還真不少，到對岸的雪梨動物園，可一覽只有澳洲才有的動物和鳥類，像笑鳥排成一排，會在你面前發出響亮的一串笑聲；有一間屋子展示只有夜間出沒的巴掌大的小袋鼠 Wallabies，看來像玩具一般；樹熊總是懶懶的抱著樹幹睡，還有長在水中嘴像

鴨嘴、卻有胖胖身體的鴨嘴獸，這些都和我們北半球的動物全然不同，非常值得觀賞。

如果來的是 12 月的夏季，沿岸可去的地方更多，市區最近的有 Bondi Beach、港灣對岸還有古松林立的 Manly 海灘，另外兩岸還有許多隱密的小岩灘，海水清澈，常會吸引愛裸泳的人士前往，其中還有一個海灘設有天體俱樂部，只有天體會員才進得去。

亞洲遊客最不會錯過的是在城裡迪克森街（Dixon Street）的「中國城」（China Town），城的兩端都有漢字牌樓，裡面整理得相當乾淨，一間接一間，全是高水準的中國餐館，多數是港式茶樓和酒樓，甚至還有一間專演華人電影的老戲院。住在當地的華人，只要是周末假日，也都愛往那兒跑，

前立法院教育委員會張希哲委員（左）攝於中國城的牌樓前。

享受一下道地的中國菜肴。在九七之前到澳洲的華族移民，以香港人居多，港式茶樓一家一家開，水準也一日一日提高。

中國城其實跨越兩三條街，澳洲的豬肉也許是因為飼養方式和飼料不同的關係，吃起來總有一股濃濃的腥羶味，中國城裡有一家華人開的肉品店，氣味聞起來好多了，用的也是華人的切割方式，我多半到那兒買，但是如果不講廣東話，就沒人理你，因此我每次非得帶著本籍廣東的本禮，到那家店去買豬肉，在澳洲光是買豬肉，就得兩人同行，說來也挺好笑的！

新南威爾斯州政府非常重視達令港的建設，中國城就在達令港旁邊，也納入整體發展的一環，達令港原是一個舊倉庫區，經過數年工夫改建成一個面貌一新的娛樂休閒區，裡面有大型表演場的「娛樂中心」、兩大棟購物中心、許多速

雪梨港中帆影如梭

食店、活動廣場和一個中國花園，每年華人的端午龍舟競渡
就是在達令港舉行的。八○年代末期更建成了一個連接市區
和達令港的單軌電車，曾幾何時，這一帶已成為當地居民和
外來遊客到了雪梨非去不可的旅遊地點。

雪梨市區不是很大，卻有幾大塊綠地，在港邊的植物
園、城中心的百年紀念公園和海德公園，成了雪梨全市的呼
吸孔道。全市殖民時代的古老建築還隨處可見，它們對古蹟
翻修保存也下了許多工夫，在喬治街上的維多利亞女皇大廈，
修復得美倫美奐，屋外有巨大的維多利亞女皇的彫塑坐像，
裡面是一條寬敞的商店大街，有各種名牌商店和古董店，來
這裡逛街、喝咖啡閒坐，有進入時光隧道的感覺，可以盡享
古老的帝國風情。

從達令港看雪梨市區

雪梨市中心還有一個著名的地標，那就是在兩條主街喬治街和皮特街之間高聳入雲的的雪梨塔，除了是電視電訊塔之外，裡面還有大會堂、商場和頂樓的旋轉餐廳，我們常常邀請國內來的友人到塔上用餐，可以一覽全市風光。

我們有時陪來訪的友人，從本禮辦公室 MLC 大樓下來，走過雪梨市橫跨五條街的步行區塊 Martin Place，這條行人通道上有兩個一凹一凸的兩座表演場，還有一個擺滿各式花卉的花攤，碰到聖誕節，一路上聽不完的聖歌詠唱。從皮特街轉彎，經過雪梨最大的兩家百貨公司 Grace Brothers 和 David Jones 有佳節氣氛的美麗櫥窗，一路上賞心悅目、美不勝收。十五分鐘後就來到了雪梨塔前，上塔看風景，雪梨風情盡入眼底。

想這樣流覽一下雪梨，最少該在這裡停留三五日才轉得過來。

達令港舊貨艙改建的商場和娛樂中心。

雪梨的山與海——藍山和 Kims 海灘

（周嘉川）

　　住在雪梨，有朋自遠方來，我一定會推薦到藍山一遊，而且最好能在當地過夜，原因不是路途遙遠，而是因為可玩的景點多。

　　雪梨人最愛到藍山度假，就因為它近，開車只要一個半小時，就能到它最著名的觀望臺 Echo Point，那裡正是可以看「三姐妹」石、走步道看瀑布和乘坐號稱世界最陡鐵道臺車的地方。

　　在觀景點首先映入眼瞼的就是山谷前不遠處佇立著的一排三座高低有致的石山，名叫「三姐妹」，這是當地土著留傳的一則殉情故事，據說有三位公主，同時愛上了敵對種族的三位王子，因為不被族人諒解而一同結伴在山邊跳崖自盡，結果幻化成三座並排的美麗山石，人們就稱之為「三姐妹」（Three Sisters），多麼淒美的故事啊！想起我們離開雪梨時，楊雪峰的太太麗莉安就送了一幅名家畫的「三姐妹」油畫給我們，每次看畫，總讓我睹物思情，想念「三姐妹」、更想念雪梨的人與事。

　　觀望臺也是一條山中步道和一道有軌纜車的起點。要步行可在山中走一個小時，看參天古木、潺潺溪流、在深谷中

藍山的三姐妹石有一則淒美的傳說

藍山近乎垂直的列車直下山谷

和應仲藝的姐姐曼玲一家，一共六個女兒同遊藍山

藍山附近石灰岩洞的水滴奇景

仰天眺望三百公尺長的瀑水直直落下。瀑布的名字叫Govetts Leap，有人說這是當年一個叢林逃犯，為逃避官兵追趕從山崖跳下逃逸而得名，也有說其實只是當年瀑布測量員的名字。

步行回來我們也去乘坐最陡的鐵軌臺車，乘客一排排坐著，因為太陡直了，雖有鐵軌，上面仍有鐵索拉著，臺車有如垂直而下，三百公尺的高度，臺車路線也不過四百多公尺，據說是全世界最陡的有軌車，固然可盡覽風光，卻也感覺十分驚險。

藍山在早期開發時代，是雪梨通往西部農牧區驛馬車站換馬匹的地方，上個世紀開始有蒸汽火車後，就慢慢發展成新南威爾斯州的度假勝地。為什麼有藍山那麼美麗的名字？是因為這一帶種滿了尤加利樹，樹上分泌的葉油，迷漫在四周的空氣裡，為樹林染上一片深沈的藍，遠遠的從任何一個角度看，都呈現一片藍色，迎著陽光還會有灰藍到深藍不同層次的色調，藍山的名字就這樣傳開來。

藍山不是一座山，而是一群山，裡面有高山、寬闊的山谷、縱谷溪澗和三百公尺長的單一瀑布；山中有草地、荒野叢林、沼澤河川、森林和雨林區，還有各種花樹；動物有大、小袋鼠和樹上的有袋滑翔鼠，更有種類繁多的飛禽，這些都成了雪梨人的最愛，更有很多雪梨人索性搬到藍山定居，每天開車或乘火車到城裡上班。

我們曾在藍山住過幾回，第一次是我們和兩個女兒跟應仲藝的姐姐曼玲一家帶著四個女兒一同去的，我們住在山上的加利福尼亞旅店，餐廳對著落山的夕陽，斜坡上的落日美

景十分醉人。

第二次是本禮的大學同學俞昌濤夫婦和他的姐姐也就是當年台視總經理周天翔的夫人，同來探訪我們；再來就是九〇年 8 月，大妹嘉玉一家人陪著母親到雪梨來玩。這兩次我們住的是山上卡通巴小鎮（Katoomba）上最古老的 Carrington 飯店，讓人燃起思古之幽情。

如果你忘了，讓我在這裡提醒你，聖誕節在澳洲正是酷暑天氣，聖誕老公公總是汗流浹背，實在不像北國的銀色聖誕，於是澳洲有不少閒情逸興的人士，會在每年六月底七月時，舉家來到藍山上的旅店，有時山上還會飄雪，趁那時過一個澳洲人自己的銀色聖誕，想像那是多麼的詩情畫意！澳洲移民都來自北半球，如果要按照家鄉的節氣，是怎麼也回憶不出家鄉的景緻，也許都要像聖誕節一樣翻轉著來過才有相同的意境吧！

藍山最有名的還是它的鐘乳石洞（Jenolan Caves），它的範圍和鐘乳石景觀都數全澳第一。這兒鐘乳石洞有七八個之多，並不洞洞相通，一般都是看最大的一個山洞，入口處很狹小，裡面卻有高至 24 公尺的大堂。

這些經過數百年不斷滴落或堆積的鐘乳石，形成各種奇形怪狀的樣貌，洞中都投射了五彩燈光，並個別取了名字如：希臘神話大力士石柱、仙女亭、天使翅膀和氣派恢宏的主教座堂，由解說員帶著慢慢觀賞，要兩個多小時才看得完。在燈光的烘托下，想像隨意飛馳，有如走入夢中幻境一般。

鐘乳石洞開放參觀都有定時，其它有 Jubilee Cave，整個

山洞內景活像鯨魚的喉嚨；還有一個叫骷髏洞，因為洞中發現有早年土著埋葬的屍骨而得名。如果想洞洞盡覽，就得在當地過夜，附近也有不少旅舍，供人住宿，有的趕第二天的參觀行程，有的人是趕早到附近山區爬山、走步道和沐森林浴。

走過藍山許多遍，說起我的最愛還是在山中小旅舍的窗臺前看日落，紅紅的落日照出滿山遍野的燦爛，眼中的藍山不藍，已轉為滿山的虹彩絢麗。

除了藍山，在雪梨附近的度假地點，我們最喜歡的是開車往北走兩小時的海邊小鎮金斯（Kims），新州這樣的海邊度假地點，從雪梨往南和往北都有不少，這是一個澳洲朋友推薦我們去的，他說去住住海邊小屋，開門就是沙灘，特別是那家旅館的菜肴富澳洲鄉土風味，是最佳的海邊度假勝地。

我們選了一個夏日的週末，帶著小女兒智媛和她兩位要好的同學 Jacky 和 Andrea 一同去度假。小木屋果然就在沙灘旁邊，開得門來就是一個小水灣和細細的白沙灘，女孩們在沙灘上打鬧玩兒也泡泡水，在傍晚斜陽中，十分愜意。

那些年我們才開始學高爾夫球，出門旅遊也總不忘去打一場球，Kims 的球場就在旅館前不遠，我們也背著桿子去打球也看風光，因為澳洲球場多半在風光明媚的曠野和海邊。記得那天早上，我穿戴整齊開始在第一洞發球，大約姿勢不錯，球發得也出奇的遠，幾個在附近走過的澳洲男孩一聲驚呼，問我是不是職業球員，當場把我笑悶了。其實多年來我桿數一直上百，並不是打得很認真也疏於練習，但是發球模

樣也許不差，才讓人有這種誤會吧！這樣的稱讚倒讓我度假的心情特佳。

　　晚餐是自助餐式的，桌上擺滿了店家自己做的新鮮麵包，海產更是豐富，生蠔、螃蟹、魚和龍蝦，因為食材新鮮用點簡單的烹調就覺得美味無比；早餐還有他們自家做的果醬。在這裡度假和昆士蘭省的黃金海岸相比也毫不遜色，只是Kims觀光活動沒那麼多，有的是家庭式的甜蜜溫馨，和百分之百的輕鬆快意。

雪梨以北 Kims 海灘的渡假小木屋，作者夫婦帶小女兒（右一）和她的兩個好同學去渡假。

昆士蘭省──從北到南看不完的景點

（周嘉川）

　　在澳洲各大城中，我們比較少到昆士蘭省去推廣，原因是它一年到頭都有接不完的觀光遊客，從南到北那兒有澳洲的第三大城布里斯本、上下數十公里綿延不斷的白色沙灘，造就而成的陽光海岸和黃金海岸、還有世界現存最長的大堡礁和散布沿海的許多度假島嶼、最北端的坎斯城更有瀑布和雨林的火山臺地勝景。

　　我們也和澳洲人一樣，到昆士蘭省去，除了去參加過一次全澳旅遊大會之外，其它幾次都是我們帶著女兒們去各個觀光景點度假。昆士蘭省一年四季陽光普照，越往北亞熱帶轉成熱帶氣候，全年適合遊覽。他們在觀光設施的投資也非常可觀，營造出來的度假歡樂氣氛，更使它吸引來每年兩百萬和終年不斷的遊客。

　　第一次去黃金海岸，智婷十二歲、智媛才只有兩歲，聽說那兒有海底世界、遊樂場和鳥園，相信一定可以讓孩子們度過一個歡樂的假期。黃金海岸就在布里斯本以北綿延數十公里的白色沙灘，各個遊樂場也就在海邊興建。

　　我們先去海洋世界（Sea World），女兒們第一次看到各種色彩鮮艷的熱帶魚，開心得不得了，智媛更是手舞足蹈，

Cains 城火山台地的瀑布和樹林

開放式的鳥園,最喜歡智婷手上的甜麵包汁

歡呼聲不斷。場子裡當然少不了有一場海豚的水上表演，未
了主持表演的女孩還讓場邊的孩子們一一用木棒鉤著小魚去
餵海豚，智媛個子太小，手扶著棒子看著大海豚張嘴吃魚，
一臉的驚訝模樣。

接著去魔術山遊樂場（Magic Mountain），我們在裡面乘
纜車看海景，真是心曠神怡，孩子們一會兒盪鞦韆、一會兒
坐旋轉木馬、一會兒玩彈簧蹦、一會兒跳進滿室的塑膠彩球
裡，滿眼都是可愛的卡通動物造型，這裡絕對是孩子們的玩
樂天堂。

黃金海岸（Gold Coast）還有一個值得一去的鳥園（Cur-
rumbin Sanctuary），第一次看到那樣多的彩鳥，工作人員讓
每位遊客端著一盤糖水麵包，一忽兒就飛來一大群彩鳥，站
在盤邊爭食甜麵包，或飛到你的頭上、肩上和手臂上，大家
興奮得看著鳥兒飛舞，幸好鳥兒沒在我們的頭頂拉鳥糞。後
來我們在自家院裡也學鳥園用甜麵包餵鳥，果然吸引來一大
群彩鳥，連續很長一段日子飛到我家的院中覓食，讓我們享
受好一段與彩鳥同樂的美好時光。

也是同一年，我們一家飛到昆省最北的度假勝地坎斯
城，那兒有山有水，和昆省其它地方只是玩海的風味不同。

坎斯地處火山灰堆積的豐饒臺地上，農產品長得特別
大。我們乘小火車穿過雨樹林，一路上吃著當地盛產的大花
生，看參天的老樹和掛在岩壁間的爆布。沒想到把一大包花
生吃下肚的本禮，回到住宿的旅館，剛泡了一會兒露天 SPA
泡泡池，本禮突然腳痛難行，臨時去看醫生，才知道他患了

痛風，已寸步難行；醫生一看就知道是痛風，因為澳洲物產豐富，人民普遍吃得太好又太多，得痛風的人比比皆是。

我只好單個兒帶著女兒們，繼續第二天的旅程，讓本禮在旅館中休息。我們去的是坎斯城海邊的兩座珊瑚礁小島嶼：綠島（Green Island）和飛枝島（Fitzoy Island）。

綠島範圍不大，也只比藍色的海面高幾公尺，小島四周是一圈白色淺淺的沙灘，沙灘後面滿是棕櫚樹，據說落潮時，島的四周會露出三千畝的礁石層，遊人此時最愛在礁石上行走。平日沙灘上有許多貝殼，遊人可以自己隨處選一片私人沙灘，走進淺淺的海水中，只要拋一小片麵包，就能引來一大群小魚，我和兩個女兒就這樣和海水中的魚群玩耍了好半天，只是因為本禮腳痛沒有同行，母女三人的遊興減低不少。

坎斯城就是這樣一個有山有水的好去處，它的旅遊資源真是得天獨厚，你要爬山或是下海，都可隨興安排。不知是不是小時候的印象太美或是坎斯的名聲太響，大女兒智婷結婚時就特地從臺灣飛到坎斯去度蜜月。

布里斯本（Brisbane）是昆省的省會，也是澳洲的第三大城。城區不是很大，是沿著布里斯本河入海口的地區興建，建築的風貌充滿了亞熱帶風情。特別是在低窪地區和河邊興建的房子，第一層都是空空的支架，就像東南亞熱帶地區的建築一樣，樓下的空間變成洪水泛濫的洩洪區，平日清風穿越也有透風涼的效果，這個空間也是小孩的遊樂場和主婦的工作間和晒衣場。

臺灣來的移民有許多選擇在布里斯本定居，相信除了房

布里斯本城外的遊樂園

布里斯本的海洋世界——作者和小女兒（智媛）一起餵海豚。

博覽會的動物花車遊行

開幕式中的高蹺蝴蝶

價比較便宜之外，這裡的天氣也和臺灣比較接近，都是亞熱帶的氣候，從臺灣來會更覺得生活容易適應的緣故吧！

八〇年代中，澳洲旅遊協會（AFTA）曾選在布里斯本開年會，也不是在城裡，而是選在陽光海岸的希爾頓度假勝地，裡面有賭場，外面有高爾夫球場和遊艇碼頭。那年它的賭場剛開張，邀請澳洲旅遊協會前往開會，向旅遊界大肆宣揚，以廣招徠。在這裡可以看到觀光旅遊真是昆省財政的重要支柱，當地政府和民間是怎樣努力的去發展它們的觀光建設。

一九八八年 8 月世界博覽會在布里斯本舉行，我們特地帶了小女兒智媛去參觀。會場圍繞著布里斯本河口興建，開幕時會場有遊行隊伍表演，展示了各式各樣澳洲才有的動物花車像袋鼠和鴨嘴獸，充滿了澳洲風味。

那年智媛剛滿七歲，手裡拿著一本博覽會護照，小小的個子穿梭在各國展覽館間，請他們幫她的護照蓋章，可能展覽些什麼東西她也並不在意吧，但是來自世界各國的生活文化也許就在隨意流覽間，無形中增廣了她的見聞。這個女兒記憶力特好，常能過目不忘，這是為什麼才小學一、二年級，就有小朋友稱她是會走路的字典（Walking Dictionary）。

昆省實在太大，就像澳洲太大一樣，很難全部都走過，也只能慕名到各個不同的點去看看。走過昆省的山和海岸，當然不能不去聞名世界的大堡礁。一九八八年 10 月我們特地選擇著名的度假勝地漢彌爾頓島去度假，從那兒再乘遊艇去大堡礁。

漢彌爾頓島是一個發展十分完全的度假小島，上面有單

棟和整排的度假屋，餐廳和游泳池集中在小島另一邊，遊客都是租個打高爾夫球的小車代步，我們一家四口正好一部車，住在島上就全靠它開進開出，去餐廳、去游泳或者是全島蹓躂看風光，都很方便自在。

在島上還可以租個小艇到附近海面釣魚，我們也租了船去釣魚，不幸馬達突然拋錨，害得我們在一塊礁石旁枯候兩小時，還好船家因為時間過了又不見我們的蹤影，這才開了快船來找我們，受了點小小的驚嚇，算是那次旅遊的一點小插曲。

島上玩的項目繁多，我和智婷還去玩了飛傘，在空中盤桓，感覺自己如飛鳥，盡覽藍天白雲和散落在碧藍海水中如珠串的島嶼，那份輕盈和那份快意，真是很難用筆墨形容。

小島本身沒有白沙海灘，我們得乘船到附近有白沙的海灘去玩海，小島對面有個小小島，上面只住了一位外國老太太，她告訴我們幾十年前她和戀人在島上定居，因為他們兩人都愛潛水，島上滿是他們從海裡採來的大蚌殼和珊瑚枝，她的戀人去逝後，她仍然獨自守在小島上，平日就用貝殼做些鑲銀的首飾出售過活，她說那兒就是她的家，

她也早已和小小島分不開了，從她身上，我看到了人與人、人與自然間，最純真和最執著的愛。

在漢彌爾頓島，每天會有定時船班穿梭各度假島嶼，接送遊客去三小時航程外的大堡礁，在澳洲東岸外海的珊瑚礁層，從西巴布亞（Western Papua）直貫而下，一直到澳洲邦得博瑞（Bundabery）綿延 1930 公里。

海水下的死珊瑚經過幾千年的堆積，形成世界最大最長的珊瑚礁，取名為大堡礁，目前還有 350 種活珊瑚，從亮藍、紫粉到咖啡色，有的像大腦，有的像花朵搖曳生姿；還有 1400 種魚類在珊瑚礁間穿梭覓食。

到大堡礁時，遊客們有些是帶著氧氣筒，由教練帶領潛入深海；要浮潛的人，就被放到一個海中的人工浮臺上，戴著浮潛鏡就能在浮臺四周浮潛。

我當天是做浮潛，貼著清澈的海水向下一望，可以看得好深好遠。只見深海裡許多幾尺長的大魚在潛水人身邊游來游去，導覽人說不用怕，那些魚並不會攻擊人。不過礁石間確實有些穿梭的小鯊魚，也還太小，忙著在石間覓食。珊瑚礁往下延伸有數十層樓高，看著這難得一見的壯觀景象，我只感覺人是多麼渺小，也不禁感歎宇宙萬象是這般的神奇美妙！

從漢彌爾頓島上山頭看遠處的小島和大堡礁

Buggy 高爾夫球車是島上唯一的交通工具,看風光、用餐、泡湯全靠它。

住在南半球的日子

大女兒（智婷）在島上玩拖曳傘

大堡礁的海底景觀

216

乘火車三天兩夜才到達艾爾斯岩

（周嘉川）

不到北疆，不知道澳洲有多大；到了北疆也才能看到真正的土著風情和文化。到澳洲以後就聽說澳洲大陸正中有一個著名的地標：單一石山艾爾斯岩（Ayers Rock），又聽說有火車可從雪梨直達艾爾斯岩，本禮就決定全家來次長途火車遊。

一九八四年 1 月，是我們搬回雪梨的第一個夏天，本禮興沖沖的訂了一個火車包廂，由於火車路線是先往南走到南澳的艾德禮後，再順著鐵道向北直上，預定兩天兩夜可達北疆中心點的城市愛麗絲泉（Alice Spring）。

火車是中午出發，那年一向乾旱的澳洲大陸，突然下起連日暴雨，使得南澳到北疆一片澤國，我們那班車是大水之後行駛的第一班車，到了南澳後，因為前方水淹未退，火車被迫停駛，結果停了四、五個小時才能再度行車，等我們時走時停緩緩駛進愛麗絲泉時已是第三天的下午，足足走了 50 多個小時。

好在火車有餐車和音樂酒吧車廂，旅客可以輪流到餐車用餐，或坐在娛樂車廂裡稍稍透透氣，但是澳洲實在太大，火車路線經過的路線也都是風景平淡，放眼一望全是荒漠。

我們乘的是頭等包廂，裡面有沖洗設備，有上下鋪的雙層床，還有一張小沙發，結果床被我們母女三人占了，本禮笑說：乘豪華車廂，他還是只有打地鋪的份！我也回他一句：誰讓你是少數民族呢！

等我們走下車來，只見皮膚呈暗咖啡色、滿頭鬈髮的澳洲土著正排著隊伍，吹奏著樂器，熱烈歡迎我們。心中正納悶：為何有樂隊歡迎？有什麼大人物到嗎？結果一問才知道，他們是歡迎淹水數天之後的第一列火車載著補給品開到。北疆中間是一片紅色的土地，常年乾旱的天氣，讓它寸草不生，可是幾天大雨過後，馬上能長出長草和野花。

我們這趟旅行，就在大雨之後，原以為澳洲中部是一片滾滾黃沙，結果看到的是紅土荒漠，和大雨過後形成的內陸小溪和瞬時長出的一片片芒草和小朵的野花，地理學家因此稱此地為半沙漠。荒漠中最常見的樹，就是全身樹幹光溜禿白的鬼橡樹，偶而看到大鷹飛過或棲息在它光禿的枝幹上，加深了空曠蠻荒的景象。

愛麗絲泉正在澳洲地圖的中央，澳洲政府自一九二九年開闢從南到北的鐵路後，愛麗絲泉就成為附近牧場的集散地，也是北疆中間一大片荒漠中，唯一有人跡的地方，人口雖只有一萬五千人，卻是北疆第二大城，除了北疆頂端的達爾文，北疆最受人注目的就是愛麗絲泉，每年至少數萬以上的遊客，會從四面八方來到愛麗絲泉，來看世界最大的單一石塊艾爾斯岩。

我們住在愛麗絲泉的四季飯店，她還設有澳洲最早的賭

場之一,在這個小小的城鎮中,最值得一去的就是一座展示土著文化的博物館,土著把他們的古早歷史稱為夢幻時代(Dream Time),裡頭有許多有關土著的來由、他們的生活方式、信仰和神話故事,都用蠟像的方式展現,非常逼真傳神。

在愛麗絲泉我們從來沒有看過這麼多的土著,澳洲政府對待土著十分寬厚,也許是在彌補殘殺土著的歷史罪咎吧!把北疆大部分的土地都劃給土著,每個月固定發補助金,也為土著蓋了現代的住宅。但是我們看到土著都不住在裡面而是蹲在屋外,導遊告訴我們,因為根據土著的信仰,他們相信天神隨時可能來到,在地球毀滅之前,把他們帶去天堂樂土,他們擔心在屋內會錯過了時機,必須在屋外等候。

在北疆每一塊巨石,都有一個特定的神話故事,像艾爾斯岩和巨人頭岩的傳說尤其多。

從愛麗絲泉要另外乘大巴士到艾爾斯岩,車行大約兩小時,我們先到巨人頭岩(The Olgas),那一群三十多個巨石,就像一個個的巨人頭像,有頭有脖子,散布在65方公里的荒野上,最大的一座有545公尺高,它和艾爾斯岩一樣是土著的聖山。

接著我們來到半小時車程之外的艾爾斯岩,遠遠看光溜溜的一座石山,慢慢開近了,就看到山壁上因為數萬年的風化,鏤刻成許多可以聯想的物品形象,有一個像女人的唇、有一個像人腦、有一塊上端和山連結,下部分裂垂掛的一條長石稱為袋鼠尾巴,每一個都有它不同的神話故事。

土著喜歡把自然人格化和神格化，艾爾斯岩千年風化的山溝，會把雨水像蜂窩一樣吸入石縫裡，也流到底部，涵養了許多動植物，早年來到此地的土著就依靠山邊長出的野米和巨形藍螞蟻維生。

山洞裡據說還有一個水潭，不過不開放讓人參觀，前面豎著牌子說那是土著的祭祀聖地。神話說那原是一個蟒蛇洞，他們的先人引蛇出洞，卻讓巨蛇口中流瀉出一潭聖水，讓先人解渴，而爭奪聖水的兩族土著，也都幻化成水潭邊的彩色巨石。可見水對土著是多麼重要，這裡的水是只能飲用，不能用來洗澡的，澳洲原就是一塊乾旱的大陸，外來移民不能快速增加，也和他們嚴重缺水有密切的關聯，難怪生活在這塊土地上有數萬年歷史的土著，看起來總是一臉乾燥灰濛的樣子。

艾爾斯岩不高，只有 348 公尺，但是因為很光溜陡峭，每年都吸引許多遊客前來攀岩，管理處在山的一面沿坡釘了一列鋼柱，還拉上繩纜，便於攀爬。我們當時因為沒有準備攀爬的裝備，小女兒又還幼小，只爬了一小段就沒往上再爬。

艾爾斯岩的神奇還不在攀岩，也不在它附在巨石身上的傳說，她神奇的面紗就要揭曉。在日落前，我們來到巨石前兩百公尺的地方，這時迎著夕陽，巨石全身像披著一襲紅紗罩衫，艷麗逼人；漸漸地，隨著日光轉弱，巨石也慢慢轉成暗紅、咖啡紅、深咖啡、灰、深灰、墨藍而至全黑。顏色的濃淡深淺，完全看天候日光的反射情況而定，像是宇宙之神用彩筆在巨石上隨意揮灑，色澤的轉動只在一個小時之間，

當你凝神注視著它的變幻，只有驚訝讚歎宇宙自然界的曼妙和偉大！

真是走了一趟北疆，才知道澳洲的土地有多遼闊；看了艾爾斯岩和巨人頭岩，也才知道北疆景色的神奇和瑰麗，天可以那樣的藍、土可以那樣的紅，那趟火車之旅的回憶，就這樣永遠深植我們的腦海中。

石山上千年風化的圖案

山的色彩隨夕照快速轉變

小女兒（智媛）坐在艾爾斯岩攀山石底層的巨石上。

北疆充滿熱帶風情的達爾文

（周嘉川）

　　澳洲人稱北疆（Northern Territory）為 Outback，就是指一片沒有開拓的土地，但是自然景觀還是南北有別，北疆中部一直延伸到南澳邊緣，是一片紅土荒原；北疆北部則是有乾濕兩季的典型熱帶氣候，十月開始的雨季，讓低窪地區盡成澤國，高山、狹谷、雨林形成了典型的熱帶風貌；四月開始的乾季，則讓水塘乾涸、大河變成細流，並逐漸消失在沙漠裡，綠草不見了，有的是高懸天空的烈日和乾涸的土地。

　　因為旅遊推廣的關係，澳洲各大城我們都走過好幾遍，位於北疆頂端的省會達爾文（Darwin），也因此去過兩次。記得第一次去達爾文，因為是幾個城市巡迴推廣，在達爾文只短暫停留兩日，只覺得和澳洲其它城市比較起來，達爾文真是人煙稀少，有趣的是我們回程在小小的達爾文機場等候上機時，發現機場沒有塔臺，只見機場人員用望遠鏡瞭望，指揮飛機降落，真讓我們看傻了眼。

　　十多年前北疆只有十萬多人，達爾文就住了五萬人，愛麗絲泉有一萬五千人，其餘的數萬人就散居在其它一百三十萬平方公里的浩瀚荒原裡。達爾文有澳洲最多的土著，據說澳洲土著是早在三萬年前的落潮時節，從北面的亞洲印尼各

島嶼涉水而來，成了澳洲這塊土地上最早的人類。

北疆原是蠻荒之地，最早由新南威爾斯州管轄，一八六三年由新州轉為南澳州管轄，這是為什麼最早的電報線和鐵路都是由南澳通往達爾文的緣故，連愛麗絲泉都是南澳電報總局長太太的芳名。南澳政府感覺建設北疆工程浩大不勝負荷，就在一九一一年把北疆交給澳洲聯邦政府，北疆一直到一九六八年才有公民投票權，但是仍直屬中央政府，而不是自成一州。

達爾文這個城市曾幾度遭受摧殘破壞，一九四二年曾被日軍瘋狂轟炸，城區面目全非；一九七四年遇到翠絲颱風侵襲，破壞得更為徹底，讓達爾文幾成廢墟。一直到一九七八年澳洲政府在達爾文成立自治政府，增建廣大的公共設施和提供各種優惠條件之後，才逐漸吸引人潮回流，八〇年後想以獨特的自然景觀和土著文物吸引國內外遊客，推廣觀光旅遊。加上在北疆大量開採鈾礦，為澳洲政府帶來龐大的財源（澳洲有全世界 20 ％的鈾礦儲量）可以對北疆地方作更多的回饋。

我們第二次去達爾文是在一九八九年 3 月初，那次澳洲旅遊協會開年會，大會特別安排與會人員到北疆卡薩杜（Kalsadu National Park）國家公園參觀，才讓我們真正看到了北疆的風貌。

公園在一片高地的邊緣，我們去的時候已是雨季的尾聲，它河流的水量逐漸降低但是仍然可以行船，只是當有豐沛雨量在山壁間造成的飛瀑已經看不到了；還看不到的就是

在雨季中常可見到身影的鱷魚，也不見了蹤影。倒是當地設了鱷魚養殖場，宴席上可以吃到鱷魚肉和水牛肉，都是當地農牧場的名產。鱷魚肉吃起來有點像雞肉，水牛肉做牛排，肉不嫩但有彈性和咬勁。

談到北疆的吃，那兒有一種當地特產的魚叫 Barramundi，這是土著取的名字，意思就是大魚，在北疆各河流都有它們的蹤跡，肉細刺少，最大可以長到兩公尺長，重可達五十公斤，據說這種魚在古代原是生長在海裡的魚，後來陸地升起，大魚就滯留在湖泊中，後來成了澳洲人最喜愛的魚產，布里斯本和雪梨的餐館偶而也能吃得到。這種大魚也常常出現在遠古時代土著的石壁彫刻上。

在公園的許多石洞裡，還保留了很有年代土著的壁畫，有袋鼠、人物和大魚，要看土著文化遺產，北疆當然是最好的去處。

那時，雖然離乾季為時不遠，卡薩杜河流中樹木的樹幹仍有一半浸在水中，大片的荷花和蓮花田的花朵還在盛開，遠遠的有些黑天鵝悠游其間，湛藍的天空，飄浮著朵朵白雲，這裡有的是景觀看起來那樣亮麗、皮膚感受熱得那樣痛快的熱帶感覺。

北疆還有一個特殊景觀，就是出現在土地上一個一個有兩人高的螞蟻山，山的形勢都是洞口朝北，據說是磁場的關係，一座山就像一座螞蟻王國，裡頭有細密的螞蟻分工組織，當然這裡的螞蟻就比我們北半球看到的大好幾倍，一座一座的螞蟻山相距並不太遠，大剌剌地立在公園的土地上，放眼

望去就有十多座，在空闊的園中形成一幅特有的景觀。

澳洲土地遼闊，中間又有沙漠隔絕，早年交通不便，東西南北各州大城之間少有來往，加上天候從熱帶經過亞熱帶、溫帶到靠近南極的寒帶，造成了自然景觀的大不相同，我們到了達爾文，才能看到這麼多最富熱帶風情的文物景觀。我對澳洲這片土地的了解，也是這樣一個個城市走過之後，一點一滴的累積起來。

達爾文附近的卡薩杜國家公園──到處是「荷葉田」的熱帶景觀

作者身後是巨大的螞蟻山，這樣的螞蟻山在達爾文有如一片石林。

國家公園的山壁上留有不少早年土著的圖畫。

西澳的野花和天鵝河的美酒

（周嘉川）

甫到澳洲，本禮就希望我們一家能組成一個小而美的臺灣觀光推展團，包括他是觀光局代表、我是華航的業務代表、加上大女兒智婷的民族舞蹈表演，提供業者的不僅是有關臺灣觀光景點、住宿餐飲和航空交通的最新資訊，還有智婷賞心悅目的舞蹈演出。

我們準備在澳洲一站一站的在各大城舉辦推展活動，在第一年首先選擇的地點就是距離最遠的西澳柏斯城（Perth）。後來才發現柏斯城和澳洲其它各州省會隔著好幾個內陸沙漠，早年當然幾乎沒有來往，後來有了從南邊過來的環海鐵路，還是有很多東部的人可能一輩子也沒去過西澳，因為既使乘飛機，也得五個小時才飛得到。

在柏斯，我從住宿的飯店往下望，就能看到寬闊的天鵝河，當時一時錯覺還以為是柏斯的海港，原來天鵝河貫穿整個柏斯城，而且有很長一段河面寬闊達三公里，讓很大部分的柏斯人都能臨水而居。

也沒看過世界上有那個大城有這樣長而美麗的河景，因為沿著大河，修成又長又寬的草坪，每天清晨或傍晚都可以看到在散步或慢跑的人們，享受柏斯夏天乾燥冬天潮溼的地

中海型氣候。我們去的時候是春天，整日裡都是陽光普照，藍得發亮的天空，偶而會飄過幾朵白雲，感覺這是個像圖畫一般美麗的地方。

西澳因為早年的與世隔絕，到處是沒有開發的處女地，而且這個澳洲最大的州，土地占全國三分之一大，除了西南部有廣大的麥田和牧場，西北部是和北疆一樣的熱帶氣候外，中間是廣闊無垠的辛普森沙漠和大維多利亞沙漠，因為人煙罕至，反倒保存了原始生態，也使西澳成了世界著名的野花之都，一共發現有七千多個野花品種。

到了柏斯當然想看看野花，可是野花不是長在西南部的森林裡，要不就是在北部的大沙漠裡，而且開花季節有先後，沙漠裡的野花更是捉摸不定，也許一陣大雨，第二天就開滿一大片野花，想追尋野花像萬花筒般的盛景，如果得不到當地快速的訊息，可能就會失望而返。

那次我們是到柏斯做推廣活動，沒有預計至內陸做野花之旅，正在惆悵之時，看到市區內的國王公園正好有野花季的宣傳，於是興沖沖的一家人乘車前往。

在柏斯機場的商品店裡，第一次看到樣子千奇百怪的乾燥野花，在旅遊雜誌上也看過野花的圖片，有的像個大鼓槌，上面長滿了針刺，卻紅得耀眼；有的像絨球、有的像瓶刷、有的像羽毛。顏色更是亮藍、粉紫、杏黃、桃紅、淨白真是五彩繽紛；有的一朵朵、有的成串、有的成片蔚為奇觀。

國王公園占地四百英畝，它正好在伊麗莎高地（Mt. Eliza）的邊緣，管理處從西澳移來所有的植物品種，因為已

在柏斯植物園的天鵝湖畔

春天的西澳野花處處

有一百多年的歷史，樹木都長得非常高大，園區刻意保留了原始的面貌，有兩百種不同的植物，也有野花花園，花朵隨著季節自然開放。從公園往下望，看得到美麗的天鵝河和柏斯市區。

這時樹林間已能看到一朵朵和一叢叢的野花，才一歲多的小女兒看到野花十分興奮，就伸手摘下一朵，沒想到一個騎著高大駿馬的巡邏員，正好經過，就告訴我們不能讓小孩採野花，否則是要罰款的。看看他們是多麼珍惜長得滿山遍野的野花，視同一州之寶，也可見澳洲人對環保的重視程度，不禁心生敬佩。

飲酒、品酒一向是本禮的最愛，到了柏斯當然不能錯過到天鵝河谷的酒區去參觀和品酒。當地已有這樣的遊程，是乘遊艇溯河而上到天鵝河酒區去遊覽。

那天風和日麗，我們一家人登上了一艘可以坐數十人的遊艇，船自寬闊的河面往上走。出人意料的是上船沒多久，就給成人遊客每人一杯白酒，他們的嚐酒之旅，原來是上船即展開了。有趣的是，船上還有一個模仿貓王的歌手，他是一身貓王的打扮，一路上唱的都是貓王的歌曲，模樣和歌聲都和貓王普力斯萊有幾分神似，一船人一面聽歌一面品酒，簡直樂翻了。

船行至天鵝河谷，導遊帶遊客到兩家酒莊去試酒，我只記得其中一家Houghton酒莊出的一種白布根地酒（White Burgundy），那酒色白的似水，酒味有濃濃的果酸和香味，回到雪梨後，每當餐飲點酒，我們時不時總會點西澳Houghton的

白酒，讓我們回憶起那趟有趣的天鵝河之旅。

　　第一趟到柏斯，我們也選了一個晚上到柏斯的外港佛瑞曼陀（Fremantle）去用餐。在佛港曾發生過許多歷史故事，早年數萬個外來移民，就是從佛港上岸，那兒就是他們對澳洲這塊大陸的第一印象，一直到今天她都是西澳最主要的港口。我們站在港邊，看著貨船、巨型郵輪、漁船和私人遊艇、帆船俱樂部的碼頭，一個接一個，感覺船就是佛港的命脈。

　　就連佛港最有名的飯店都是在港邊的船上，那是一艘廢棄的大船，固定在港邊裝修成一家高級餐館，我們慕名而去，正在安靜的夜景中享用鮮美的海鮮大餐時，早先累得在嬰兒車裡睡著的小女兒，這時突然醒來，哇的一聲哭了起來，讓我們如坐針氈，只好中止用餐匆匆離去。

　　一九八三年9月26日，西澳企業家艾倫‧龐德的一艘帆船，為澳洲贏得了世界著名「美國帆船盃」大賽的冠軍，記得當時的總理霍克，就在佛港帆船俱樂部，開香檳慶祝，還即時宣布，全國放假一天。

　　艾倫‧龐德是個傳奇人物，他幾乎是投注全部家財去支持帆船出賽，美國盃奪冠之後，他聲名大噪，也因此獲得無數貸款和資金，讓他開拓包括啤酒等許多不同的企業，但是等到四年後他衛冕美國盃失敗，企業也跟著拖跨，並因破產而坐牢，不禁為他因美國盃興起，也因美國盃敗落而感歎！

　　之後，我們又去過柏斯好幾次，有一次是去開澳洲旅遊年會，住在剛落成的 Burwood Casino Resort，一家設賭場和高爾夫球場的度假飯店。我們在那裡打過球，飯店蓋在河中

的沙洲上，球場更是四面環水，打球時一不小心球就下水了。我們也去過一個郊外的球場，那裡保留了最多的山林野趣，一面打球，一面還不時看到袋鼠在球場上跳躍的蹤影；有些沙坑有一人高，還得爬梯子下去把球打上來，球場的高難度，也為打球帶來無比的挑戰性和樂趣。

西澳柏斯後來大力推展觀光，五星級飯店一家家開，帶來特別是東南亞人到澳洲來求學、玩 Casino、投資和觀光遊覽，每次去都覺得柏斯比以前更加繁華和熱鬧了！

南澳巴柔沙河谷之旅

（周嘉川）

由於本禮對研究葡萄酒有濃厚的興趣，我們每到澳洲每一個有酒區的城市，一定不會錯過到酒區參觀和試酒的機會。特別是南澳這個最富盛名的巴柔沙河谷（Barossa Valley），就成了我們唯一一次南澳之旅的重點行程。

如果稱巴柔沙河谷為澳洲的白葡萄酒之都，一點也不為過。因為早在十九世紀中葉，大批來自德國路德教會的信徒，因為逃避德國君主的迫害，成群結隊的移到遙遠的澳洲來，他們選擇了南澳這個和他們家鄉氣候近似的地區，把高聳尖陡的教堂和普魯士建築的式樣都帶到了南澳，當然也把製作白葡萄酒的葡萄種子，種在這塊新生的土地上，為巴柔沙河谷酒區早早奠下了基石。

德國移民對開拓南澳有莫大的貢獻，當我們飛到南澳首府艾德禮（Adelaide）時，從城市整齊的街道和建築就感覺到濃濃的德國風味，特別是在市區主街幾乎每一個街口都有一座醒目的教堂，這才想起澳洲人稱艾德禮為教堂城市的道理。

南澳西部和北部是一大片乾旱的沙漠，幾乎荒無人煙，有一些蛋白石的礦區，居民為避酷熱的風沙，都是住在地窖裡；只有東部和東南部，靠著一條墨瑞河（Murray River）和

她的支流，開發成廣闊的農業區。沿河地帶有連綿不斷的果園，柑橘是最大宗，其它還有桃和杏，製酒葡萄的產量更大，幾乎占了全澳產量的 40 ％。

那年的春天我們從艾德禮出發，向位於艾德禮西北方向的巴柔沙河谷前進，山坡上的野花一大片黃的、紫的才剛開始綻放，迎著陽光顯得那樣燦爛。頭一年南澳曾經發生大火，山林中還看得到一根根直立著燒黑的樹桿，此時卻在枝頭上冒出點點新綠，自然林木堅韌的生命力真讓人歎服！

巴柔沙河谷長 30 公里，有 36 家酒莊散布在河谷中，因為製酒也興建起大大小小的城鎮，從高處望，市鎮中最醒目的建築往往是那有著尖尖屋頂的教堂，據說這是因為路德教會的信徒，逃離家鄉就是為了宗教的自由和對和平的追求，教堂的鐘聲最能撫慰這些遊子的孤寂和苦難。城裡有些還保留了一大棟城堡式的古式酒莊，也仍然保留了德國早期的建築風格。

我們曾走過一個Seppeltsfield酒莊，看見公路兩旁滿植棗樹，綿延兩公里長，酒莊附近就還有一個大花園，裡面種滿了玫瑰，美麗的景象，讓人想起這個巴柔沙河谷的英文名字，就是玫瑰山坡的意思。

我們在這個酒莊喝了他們的好酒——蕾絲玲（Reisling），這也是德國最有名的白酒之一，有人說澳洲的蕾絲玲甚至比德國產的蕾絲玲更醇更香，看看前兩年世界名酒評比，澳洲產的一些酒已有名列世界第一的成績，這些說法顯然有些根據。那趟巴柔沙河谷之旅，我們帶回了幾瓶Seppeltsfield酒莊

的蕾絲玲酒,也帶回了對巴柔沙酒區更多的認識。

巴柔沙河谷每隔一年的奇數年,會在南半球的初秋時分,也就是四、五月復活節的星期一,舉辦一個一星期的葡萄酒節,每次都能吸引國內外近十萬人前來參加,除了飲酒作樂也舉辦許多有趣的活動,像是踩葡萄比賽,澳洲有些酒莊還是使用傳統人力腳踩葡萄榨汁的老法子,也展現巴柔沙是個多麼有歷史的產酒區。

在艾德禮我們帶著孩子們特別去當地近郊一個很大的袋鼠園遊覽,我們每到一個地方,動物園和植物園也常是必備的項目,不僅僅因為有小孩同行,也是我們大人的愛好,因為在那裡面能以最快速的方式,了解當地動植物的自然生態。

這個袋鼠園在近郊一個小小的山頭上,園區範圍很大、養育的袋鼠數量和品種也特別多。人們可以走進柵欄中,和一些小袋鼠玩耍,那時小女兒只有兩歲多,坐在嬰兒車裡,一不留神發現一隻袋鼠突然在她眼前現身,一時嚇得大哭起來,這裡的袋鼠也不怕人,會在遊客身旁晃來晃去,有些小袋鼠時不時從媽媽的肚袋裡探出頭來四處張望,非常有趣。

在園中我們看到一隻身形有一公尺多的白袋鼠,單獨被關在一個院子裡,據說白袋鼠並不多見,也可能是一種變種,因為稀有才被特別豢養起來。

還有一件有趣的事,是我們發現在另一個大的圍欄中,裡面的袋鼠很多,突然看到有兩隻壯碩的袋鼠,像是我們在卡通影片看到的那樣打起拳擊來,只見兩隻袋鼠用短短的前腳互相拉扯,那根有力的大尾巴就立在地上穩若磐石,然後

用後腿互相踢打對方，原來卡通片中的袋鼠打拳還真有其事，說不定創作者看過袋鼠打架，才產生袋鼠打拳的創意。走過的地方越多，會覺得在浩瀚的宇宙裡，永遠有讓人驚歎的新鮮事。

在上個世紀中，據說澳洲因為濫殺濫捕的結果，袋鼠大量減少，樹熊幾乎要絕跡，後來在政府訂法禁止濫捕、努力培養復育以後，才使數目逐漸回升。但是後來又發現袋鼠數量增加太快，必須每年捕殺一定的數目以維持生態平衡，以免袋鼠泛濫成災。捕殺之後的袋鼠多半製成家禽和家畜的飼料出售，為澳洲賺取不少外匯，袋鼠對他們來說，已從野生動物轉為經濟牲畜了吧。

智媛被艾德禮動物園中的袋鼠嚇哭了

第一次在南澳看到澳洲的樹熊

塔斯曼尼亞最有英國的田園風光

（周嘉川）

　　塔斯曼尼亞（Tasmania）在澳洲大陸最南端的一個大離島，她的南端已經離南極不遠，在冬天很容易看到雪景，很多澳洲人都會告訴你，他們覺得澳洲最美的地方就在塔省。

　　塔省東西和南北向的直徑都有 300 多公里，像個蝴蝶的形狀，她的省會荷巴特（Hobart）就在東南邊，全省人口當時只有四十多萬，這二十年增加的也不多，原因就是當地居民有很高的意願不希望增加太快的外來移民，破壞了她原有的自然生態和古老的悠閒氣氛。

　　我們去過塔省三次，有兩次是參加在荷巴特舉行的澳洲旅遊年會，記得第一次是一九八四年的 7 月隆冬，會議在荷巴特唯一的賭場飯店和國際會議中心舉行，我們一家穿著厚厚的冬衣和靴子前往，準備去欣賞澳洲乾旱大陸難得一見的雪景。

　　到了荷巴特，發現這個城市沿著德溫河（Derwent River）而建，像個小小的山城，有許多窄而彎曲的街道，伴著小而古老的房舍，有些有名的飯店也都在巷弄中，據說她是全澳保留古老風格最完整的一個城市，目前的市容和十九世紀初葉幾乎沒有太大的變動。

　　荷巴特的規模其實更像一個小市鎮，也只有小才能保留

Hobart 是個風光明媚的山城

智媛在澳洲第一次看到雪景很興奮

會後遊程經過的小山城。

240

那份悠閒、溫馨和靜謐。塔省的農牧經濟區後來都分佈在北部沿海，和澳洲大陸的聯絡也更方便，荷巴特就更把發展重心放在觀光的推廣上，許多澳洲人就是因為看上她的古老和溫馨，特別選在荷巴特一帶過退休後的悠閒日子。

塔省吸引觀光客最多的地方是離荷巴特不遠，在塔斯曼半島上的阿瑟港（Port Arthur），因為它保留了古老監獄的原貌和火燒之後的殘垣斷壁。我們乘遊覽車，沿著半島上的海灣行進，只見海上的峭壁那樣陡峭，像刀切一般的平直，有的總有 200 多公尺高，難怪早年關在此地的囚犯，很少有人能逃出生天。

到了阿瑟港才知道這個監獄有多大，裡面最大的一棟四層樓牢房，大約可容納五百人，有石砌的教堂、法院、單獨的囚室，一八三〇到一八七八年之間，英國政府一共送了 12500 人到阿瑟港來服刑，最多的時候同時有 7000 人關在這裡。由於嚴苛的對待和艱苦的自然環境，有一千九百多人熬不過而死亡，都被埋在阿瑟港前面一個荒僻的死亡之島上。

我們憑弔古蹟，看著這個大監獄的殘破景象，和四周綠草如茵、山色蒼翠跟碧海藍天，成了強烈的對比，感覺真是莫大的諷刺，這裡的監獄應當也是全澳洲最美的一座。荷巴特也和澳洲其它幾個大城一樣，幾乎所有政府建築和道路橋樑，都是受刑人蓋的，澳洲的發展歷史絕對和早年英國的移置囚犯有不可分割的關係，多數受刑人刑滿自由之後，仍然留在澳洲生活，或許也是受到這塊美麗新土地的吸引吧！他們更是這個新興國家最早的子民。

　　第一趟去塔省，我們參加了大會安排的會後旅程，先是到西部的礦區和雨林，然後沿著山間公路開到東北部的第二大城龍沙士敦（Launceston）去。

　　塔省的地形大致分東西兩半，西部山多、湖多、礦多，加上雨水充沛，灌溉了青翠的雨林，也形成大片的森林。東部則是高地、丘陵多，港口和沙灘多但是雨水不及西部充沛。因此像在西部的荷巴特，天氣比較乾爽，冬天也幾乎不下雪。

　　塔省觀光局那年特別安排會員走平常人跡罕至的西部，要我們看看塔省真正原始美麗的一面。車子順著一九七〇年代才興建好的萊爾公路（Lyell Highway）從荷巴特向西走，有的路段是開在高地頂上，很多地方都鋪著一層厚厚的白雪，那是我們在澳洲第一次看到白雪，小女兒尤其興奮，才三歲不到，就會和姐姐玩打雪仗。

　　因為天雨，車子走得比較慢，到西部的大城皇后鎮時已是傍晚時分，市長熱情迎接，他說平常很少有人到那兒去，特別是在那樣寒冷的冬日，一千人的大會，只有二十三人參加這趟會後旅行，我們的到來，讓他非常感動。

　　皇后鎮也有一段熱鬧風光的日子，銅礦和銀、金礦讓皇后鎮風光了好幾十年，曾經是塔省的經濟重鎮，最盛時有十幾家旅館和一萬一千多人口，現在隨著礦廢人空，人口只剩下一半，開礦留給小鎮的是到處坑坑疤疤的土地，就像月球表面一般，有人給她取了一個「小大峽谷」的封號。

　　塔省西南部有豐富的森林，有很多還是塔省獨有的樹種，像塔省三寶之一的 Huon Pinewood（塔省獨有的一種松樹），

我在沿途手工藝品店裡，就看到一些用這種木頭做的工藝品，聞起來有一種特殊的香味，據說香味幾十年都會一直存在。

這種松木的特性是質地堅硬，有豐富的油質，幾乎是永不腐爛，英國人曾大量砍伐拿了去造船，相信這些船和英國當年稱霸海洋成為日不落國，有絕大的幫助。

但是這種松樹生長緩慢，現在一般看到的都是早經砍伐下來的木材，有些木頭甚至有兩千年的樹齡，活著的樹木已不多見，更不要說等它成材了。我曾經在店裡買了兩個裝胡椒和鹽的一對 Huon Pinewood 的容器，還有一個夾便條紙的小裝置，每次走近都聞到那特殊的木頭香味，真是多少年了，那香味都沒有絲毫消褪，那香味又總是把我一次又一次帶回到塔省那兒的山林場景。

第二個塔省之寶是生長在塔省西北的聖誕花蜂蜜（Leatherwood Honey），這種樹長著 3 公分帶有蠟質的小白花，釀出的蜜是淡琥珀色的，卻帶有獨特的濃香，當地一年可生產280噸的蜜，是澳洲唯一可以和紐西蘭抗衡的蜂蜜，也是塔省一項重要的經濟產品。

第三個塔省之寶，卻是一項出人意料的東西，那就是經科學證明，塔省緯度上空的雨是世界上最純淨的水，於是他們把這純淨的雨水包裝成盒出售，我們在那兒開會時，就曾喝過，並沒有任何味道，倒是對塔省人能享用到最純淨的雨水，而且連雨水也能變賣，印象十分深刻，這應當也是他們重視環保的一項成果回收吧！

會後遊程至塔島西部山區，一路都是雪景。

塔島的海邊風光

紐西蘭北島遍佈火山、溫泉

（周嘉川）

紐西蘭（New Zealand）對澳洲來說，就像是他們的鄰居和表兄弟一樣，兩國人民來往密切，而我們的辦公室雖是設在雪梨，但是紐西蘭和南太平洋的島嶼也是業務推展的範圍，東亞旅遊協會澳洲分會的成員更是把澳、紐視為一體，最少每隔一年都會到紐西蘭不同的城市推廣，加上亞太旅遊協會（PATA）兩度在當地開會，使我們去的機會更多，那八年半間，總有五六次之多。

紐西蘭山明水秀，特別是南島一直有「南太平洋的瑞士」之稱，去多了才知道，紐西蘭比瑞士的風光要更豐富得多，因為她的北島有火山、南島有冰河、各島嶼都有崎嶇的海灣環繞，集陸地和海洋的風情於一身，看看影片「魔戒」裡的懾人景色就得窺之一、二了，紐西蘭的觀光事業也因此而得利，使來自世界各地的觀光客絡繹於途。

本禮剛到澳洲上任，就銜命到紐西蘭考察觀光事業，也要到首都威靈頓（Wellington）的我國代表處拜會，以及到威靈頓對岸的納爾遜（Nelson）市拜會市長。那趟旅行我們多跑了些地方有第一大城奧克蘭（Auckland）、北島的風景之最拉特魯娃（Rotorua）溫泉勝地和北島最南端的首府威靈

頓。

　　第一次到奧克蘭，只覺得這是一個視野非常開闊、地形平坦的海港城市，奧克蘭市最有代表性的地標是「一樹山」（One Tree Hill），在城裡大部分地區，幾乎都能望見一樹山和那山頂上唯一的一棵大松樹。

　　奧克蘭人口一百多萬，幾乎占了全國人口的三分之一，等走過其它地區之後，你會覺得好像紐西蘭人全擠到奧克蘭來了，因為其它的城市差不多最多只有十多萬而已，這是因為奧克蘭有兩個深水良港，和背後肥沃的農田，最多的工作機會和紐西蘭最好的學校，它吸引的不僅是紐西蘭的菁英，也包括南太平洋各島嶼的人才。

　　有時候在鄉村裡，常常看不到什麼人，卻經常會遇到成群的羊，因為紐西蘭的羊有人口的二十倍之多，如果在紐西蘭郊外開車，不要擔心會撞到人，撞到羊或樹的機會可能還大得多。

　　紐西蘭的城市也許沒有澳洲雪梨和墨爾本那麼繁華，但是卻是南太平洋波里尼西亞人（Polynesian race）最多的城市，當地土著毛伊人（Maori）也是波里尼西亞族的一支，比白人早好幾百年來到紐西蘭，卻能以簽約和平的方式和白人共處，和澳洲早先土著的境遇真有天壤之別。

　　北島中部有許多火山，有些還是活火山，上個世紀九〇年代還爆發過，火山特有的景緻就在北島形成了最吸引人的景觀和溫泉度假勝地。我們只要去北島，總不會錯過到最著名的拉特魯娃去泡溫泉。

　　如果趕時間，多數人是乘四、五十人的中小型飛機，從北邊的奧克蘭飛往中部火山高地的拉特魯娃，快到的時候從上空看拉城就在一個大湖邊，附近火山溶岩處處，有些地方還時不時噴著水和冒著煙。

　　河邊有一座以溫泉治風濕的大型醫院，據說早年是一位神父長途跋涉來到拉城附近，卻因為風濕痛而寸步難行倒在溫泉水塘裡，沒想到一泡兩泡就覺得大有起色，這個訊息讓有心人集資興建醫院，經常接受免費醫治的請求，讓世界各地的患者紛紛聞風而至。

　　我們到當地的時候，是到市區裡一棟波里尼西亞式的建築去洗溫泉，那兒正中間是一個很大的公共池，只見許多人有男有女都穿著游泳衣在冒著蒸氣的池子裡泡湯，當時覺得頗為有趣，第一次看到有人穿衣泡溫泉。不過大池四周還有一間間私人浴池，浴池有牆有門卻沒有屋頂，泡湯的時候抬頭就能看到墨藍的夜空和點點星辰，感覺和大自然是如此貼近，燙燙的泉水驅趕了深秋的寒意，只覺得身心無比的歡暢。

　　毛伊人多半住在北島，因為北島有火山灰形成的肥沃土地和古老的森林，當年因為和白人爭地的關係也曾打過幾年仗，毛伊人敗走火山高地，在拉特魯娃城可以看到最完整的毛伊文化，看他們把食物放在一個提籃中，然後用繩索綁著放到溫泉中煮食，這可是最天然又乾淨的能源，讓我這個現代人羨慕不已。

　　在文化村裡毛伊人也會表演他們最著名的戰舞，男士們拿著矛和盾一面發出吼聲一面伸著長長的舌頭，可能是要嚇

跑敵人吧！在各種國際會議或表演場合中，紐西蘭人也最愛用戰舞作為代表性的演出。接著還有女性用繩子綁著兩顆白球，甩前甩後的跳著「愛之舞」，舞劇中還有有關毛伊族的古老傳說，說他們如何從遙遠的地方，歷經千辛萬苦渡海而來，而紐西蘭是天神賜給他們祖先的一塊寶地，讓他們在那裡安身立命。

最後一次我們到拉城是從奧克蘭乘遊覽車前往，只為了不想錯過北島的一些著名景點，旅遊界的人都知道遊澳洲要「點至點」的飛，因為它土地遼闊，如果走陸路常是一望無際的荒原；但是遊紐西蘭就會建議以線的方式行進，因為它景緻變化多，最好乘車或自己開車一路有看不完的山林美景。

從奧克蘭往南開，是土地最肥沃的農園，我們去的是一大片的彌猴桃果園（Kiwi Fruit Farm）。彌猴桃來自中國，引進紐西蘭之後大量種植，他們甚至用當地特產的一種不會飛的鳥 Kiwi，來為彌猴桃命名，變成了紐西蘭的特產，不僅大量外銷，又製成衍生的許多相關成品有果醬和玩具等。

我們去的時候已是秋末，彌猴桃大多數已採收完了，只剩下一部分作展示的果實，掛在已是光禿禿的枯藤架上，常常吃到的果子，突然出現在樹上，一顆顆淺咖啡色的果子從枝子上懸掛下來也感覺十分奇特，只是這個果園並不能讓人自摘果子少了些採果的樂趣。

車子再往南開，我們來到一處有螢火蟲的山洞參觀，那個地方叫維托墨山洞（Waitomo Caves），只開放的兩個山洞，要乘小船進去，進了洞黑漆漆一片，嚮導要大家抬頭看，

拉特魯娃溫泉湖畔

北島 Waitomo 螢火洞

北島的螢火洞奇景。貼在洞頂是一種昆蟲的屍體，發出點點藍光有如星辰。

北島的奇異果農園（也稱彌猴桃）

只見洞頂上一點點密密麻麻的黃色亮點，不像螢火蟲，因為它不會閃爍，倒像是滿天的星辰。據說，這是一種不知名的蟲，交配後就死亡了，死後的蟲體黏在洞頂上就會發出螢光，紐西蘭人稱牠為 Glowworm，但是其實並不是我們一般說的螢火蟲。現在維托墨山洞已成為紐西蘭北島一處著名的旅遊景點。

北島的最南端就是紐西蘭的首府威靈頓的所在地，據說白人一開始就選在南北島最中間的威靈頓為首都，原因是當時在那裡的毛伊酋長最友善，歡迎白人從當地登岸。

威靈頓風大雨也多，我們去的時候，看到到處是穿著風衣和雨衣的人們，八〇年代石油危機之後，紐西蘭的經濟受到重創，想想看它得要用多少農產品和原物料才能換來一部汽車或機械，市區裡有好幾棟房子蓋到一半就這樣鋼筋支架憑空擺著，一拖就是好幾年，幾年間我們去了幾次都沒看到完工。

但是威靈頓這個城市還是很美的，因為那個地帶後面是山前面是海，威靈頓的城市就蓋在山海之間窄窄的山坡地上，環繞著海灣兩邊，倒像是城市擁抱著大湖，晴天時分藍天碧海，山上有淺黃色的木屋上面是紅色的屋頂，真像圖畫一般美麗。

北島走過一圈，深映在腦海中的畫面總是那黃色鮮明的火山溶岩、青翠的山林、豐富的毛伊文化、和毛伊武士跳起戰舞伸出舌頭的威武神態。

南島盡是冰河峽谷和高山大湖

（周嘉川）

　　走過紐西蘭南島，看過那兒的冰河、峽谷、高山和大湖，冰雪覆蓋的崇山峻嶺，只能用讓你屏息、震憾和驚歎來形容，偏偏南島的第一大城名字叫基督城，彷彿印證了此景只應天上有的含意，她的冰原和山河美景也早就吸引了電影製片作為天上人間的夢幻場景，更是山和海征服者的樂園。

　　在長長南島正東邊的基督城，是南島對外和對內交通的樞紐，要遊南島多半從基督城出發。基督城是紐西蘭的第二大城，人口卻只有三十多萬，是個既有大城氣派兼有小城溫馨的美麗城市。

　　基督城的美在她有一條地底湧出泉水形成的溪流——埃文河（Avon River），從城的正中貫穿而過，溪流不寬，乘著小木船，船家也戴著像義大利威尼斯船家的平頂帽，輕輕的撐著桿，帶我們划過埃文河。

　　溪中不時看見一對對鴛鴦游過，初冬時分溪旁的大樹都只剩下枯枝，偶而還有鳥兒飛過，有時經過公園，有時經過市區，遠遠望見古老的教堂、市政大樓和熱鬧的市集，陽光從樹間灑下，整個人都覺得籠罩在溫暖的金色的夕陽裡，益發感覺基督城的美麗。

基督城市中心

基督城的埃文河

　　南島的雨水充沛，蘊育了以莓、杏子、桃子和李子為主的大片果園和花圃。在基督城的著名花園中，展示了南島培育和野生的各種花卉，其中又以洋蘭品類最多，他們以造景的方式展示出來，從花間走過真是美不勝收。

　　南島從北到南都是連綿的高山大湖，要看冰河遺跡就要飛到中部的艾爾拉基庫克山（Aoraki Mt. Cook），附近有塔斯曼冰河（Tasman Glacier），冰河道的結冰據說有六百公尺厚。要上冰原從庫克村還要換更小的十人座小飛機，但是冰河上早晚溫差太大，經常連續數日都籠罩在濃霧之中，我們去的那天不巧也是濃霧天氣，乘坐的小飛機只能往山下的谷地飛，遠眺山巒與河景，冰原就上不去了。

　　庫克山也是全世界登山人的最愛，第一位爬上世界第一艾佛勒斯峰的 Sir Edmund Hillary，就是在庫克山做攀峰前的模擬訓練。現在流行全世界的高山彈跳，也是先在紐西蘭開始推廣，地點就在南島著名的旅遊城皇后鎮。

　　要看山城風光一定要去南島南部著名的山城皇后鎮，皇后鎮的風光真是如詩如畫。皇后鎮位在高山上的瓦卡堤瀑湖畔（Lake Wakatipu），因為在高山上，終年湖水都是冰涼的。

　　我們最後一次去皇后鎮，就住在湖畔的假日旅館，前面是波平如鏡的大湖，對面湖畔有座山像是從水中陡然升起，它的名字就叫不可思議山（Remarkables），湖呈 S 型，蜿蜒曲折像條河流，遠遠的還望得見南阿爾卜斯（Southern Alps）山巔的皚皚白雪，看著眼前美景，感覺有如身處在美麗的圖

皇后鎮清晨雪景湖水倒影

智媛在皇后鎮附近的滑雪勝地上滑雪課

妙福桑一景

倒影和實景一樣清晰

畫裡。

皇后鎮的觀光事業規劃得很完善，早年她是因為發現金礦而興起，現在的金礦已由旅遊業取而代之。乘遊艇遊湖，會帶你到河邊的高山牧羊場去參觀，我們就是在當地第一次看牧羊犬趕羊，一個牧人只需要幾隻牧羊犬，就能驅趕幾百頭羊快速回到牧場的羊欄裡，真是不可思議。皇后鎮還設有纜車可爬到 450 公尺高的巴布斯峰頂，皇后鎮的湖光山色可盡收眼底。

皇后鎮附近還有著名的滑雪場，最後一次去是冬季，特別帶小女兒智媛去滑雪場上滑雪課，我和本禮趁著女兒上課的時間，也穿著雪靴乘滑雪纜車到山頂去，眺望雪山風光和山坡上滑雪人的身影。短短兩小時的課程，居然發現智媛已可平穩滑行，她還有些意猶未盡，只可惜旅程已經結束，必須下山回皇后鎮去了。

南島山水甲天下的風光，首推南島西南邊的妙福桑（Milford Sound）海灣。遠古時代冰河把南島西南部海邊切割成彎曲陡峭的岩壁和峽灣，因為風光奇絕被稱為佛藍德國家公園（Fiorlland National Park），妙福桑就在這個國家公園的最北端。

當我們乘遊覽車從皇后鎮往西行，經常看到的景緻是丘陵起伏的牧場上一群群的綿羊，中間我們偶而在只有幾個店家的小村落暫停歇息，越往西行進入山區後，奇妙的山景就一幕幕出現在眼前，一座覆蓋白雪的山頭也會換來我們一聲驚呼、一幅平靜如鏡的山澗倒影也引來聲聲讚歎。

妙福桑（Milford Sound）就在一個長長的海灣頂端，乘船在灣中行進，還以為是在一個大湖中走，兩邊的山壁又高又直，波平如鏡，映著高山峭壁的倒影是那麼清晰，上面是亮藍的天空和朵朵白雲，下面是深而藍的海水，這是一幅多麼讓人屏息驚歎的景色！

據說濕季雨水充沛，山林茂盛，山壁間可以看到掛著一條條白白的水瀑，想像那一定是一幅更有生命力的鮮活畫面。

因為當天要回轉皇后鎮，我們選擇搭小飛機回去，只有十人座位，紐西蘭因為山多，有很大數量的小型飛機穿越各個旅遊景點，增加了當地旅遊的方便性。沒想到小女兒看著小飛機心裡有些害怕，飛機快要起飛時發現她居然睡著了。（原來她有這種本事，因為害怕就強迫自己睡著，來個眼不見為淨。）

然而這段旅程卻是我留給我最難忘的記憶，小飛機升空不久就來到皚皚白雪的群山之間，白雪和山壁是那樣逼近，有如自身在天際飛翔，讓我為眼前的景色震懾驚歎，這種身歷其境的感覺，是在陸路穿梭的時候看不到也享受不到的景象，也忘了來時曾坐五六個小時車子的疲累，真正感覺不虛此行。

高山雪景、大湖小溪、綠草白羊、清涼的和風、冰冷的泉水，像一幅幅彩色的畫片在我的心田翻過，這些都是我對紐西蘭南島永不褪色的記憶！

來往各景點的小飛機停在妙福桑的水邊。

回皇后鎮途中從小飛機上看龐德山的雪景

洋溢法國風情的大溪地

（周嘉川）

在南半球我們也曾經去過南太平洋的許多島嶼，向東走最遠的地方就是法屬波里尼西亞的大溪地。從原是英國殖民地的澳紐和斐濟出發，到了大溪地更能感受到濃濃的法國風情。

大溪地的位置就在南太平洋的正中間，往上去正好對準了太平洋中的美國夏威夷群島。在大溪地的一處偏僻海邊豎立了一塊巨大的木彫，上面雋刻了一七七六年發現大溪地群島的英國人華勒士（Wallis）的名字，沒想到後來法國人卻以醉人的白蘭地酒向當地酋長騙取了大溪地130個島嶼的主權，從此變成了法屬波里尼西亞殖民地，而那個豎著華勒士牌子的荒僻海灘，至今也成了裸泳者的天堂。

經過六個小時的飛行，我們來到大溪地的首府琶比椰地（Papeete），許多有名的大旅館都建在海邊，占地寬廣種滿了椰子樹，看著藍天碧海和椰影婆娑，散發在空氣中的是讓人感覺飄逸慵懶的度假氣氛。

在Beachcomer這樣的大旅館裡，每天都有大溪地風味的晚餐和熱情的大溪地舞蹈表演。他們把整個調理用餐和看舞蹈表演，用半天時間串連成一個完整的旅遊項目，讓人完全

大溪地風光

沈浸在大溪地特有的風情中。

　　當天下午兩點鐘節目開始，遊客們先去參觀土著準備晚餐，只見工作人員把晚餐要用的食材，像已經醃好的雞、鴨、魚肉和各種球根類蔬果，分格放在一個兩坪大的鐵框籃裡，然後幾個人抬著放進一個已經升好火的地洞裡，上面再鋪滿香蕉葉，讓食物在地下烤箱中最少烤上四個小時。

　　接下來的時間，導遊帶著我們遊園；也請專人教大家用一塊漂亮的手染大花布，如何在自己身上圍成一件件出色的衣裳。有的在胸前紮個花結、有的是花結紮在頸後、有的露出半邊肩膀、有的紮成上衣和裙子。只覺得衣服也可以穿得這樣簡單而且舒服又美觀，真是神奇。

　　晚上六點鐘，太陽即將下山，這時一個壯碩的土著開始敲起大鑼，把客人引導到花園中那個地下烤爐邊，幾個人把上面幾乎烤焦的葉子一一撥開，各種食物的香味撲面而來，感覺像是學生時代參加女童軍的營火會一般。

　　更沒想到的是食物的調味一流，問了才知道大溪地的食物融入了法國和中國料理的醬料，難怪如此可口。有法國風味是理所當然，因為那兒是法屬地，有中國風味卻是有一段故事。

　　第一次世界大戰時，中國沒有參加歐陸之戰，但是政府派了許多華工到法國和其屬地做工，戰後華人繼續留在當地發展，最多的是開中國餐館，大溪地人就把享有全世界飲食之最的中、法調味料，納入大溪地燒烤食物中，這也是我們在南太平洋中遍嚐土著食物，感覺最為美味的一次。

作者的大溪地法國手染時裝

地底烤箱中的大溪地美食

大溪地舞是波里尼西亞群島中最熱情洋溢的舞蹈

晚餐時熱情的大溪地女郎也同時出場，女郎們胸前、頭上戴著花環，穿著椰子殼的胸罩和草裙，在樂聲和鼓聲中快速擺臀舞動，大溪地舞蹈散發的狂野性感，也是波里尼西亞各島嶼之最，這真是一場聲、色、香、味俱全的饗宴。

琶比椰地的市區裡，有許多法式建築，下午時分在沿海的露天咖啡座上，總有穿著法國時裝和草帽的法國女郎，在那兒享受麗日美景。商店中也盡是法式時裝和精品，那裡的建築、人和物，都為波里尼西亞的大溪地渲染上一層濃得化不開的法式浪漫風情。

我們在琶比椰地曾經包了一部車到幾個著名地點走了一圈，島上多山，山上到處是高高的椰子林，形成了大溪地特有的南海景觀，我們當然不會錯過到世界名畫大師高更（Mr. Paul Gauguin）的博物館參觀，這是高更一八九五～一九〇一年生活的地方，在他的畫裡顯現了濃郁的大溪地元素。

那天在參觀途中，小女兒累得睡著了，我們正好到達其中一個景點，就沒叫醒她，只請司機稍稍照看一下，當我們看完轉回頭，卻見司機導遊牽著智媛的小手迎面走來，三歲的女兒此時大發脾氣說：以後再也不准這樣離她而去了。但是正當我心生內咎時，才過了一會兒她玩得高興時也就忘了，還問我們下一次什麼時候再旅行？

大溪地群島中還有不少著名的島嶼，離本島越遠的越保持了原始的自然景觀，如有名的波拉波拉（Bora Bora）島，而距離較近的摩瑞爾島（Moorea），開發較早，是和本島同樣美麗的度假勝地。

　　我們當時只去了摩瑞爾島，乘渡船一個小時就到了，船直接開到島上最大的一家旅館巴里亥（Club Bali Hai）俱樂部旁邊，這家旅館位於庫克斯灣（Cook's Bay）的灣底，後面山形峻奇、椰子成林，是摩瑞爾島美的焦點。

　　傍晚時分我們乘船出海去看落日，船上搭著樹葉紮成的頂篷，一個小小的三人樂隊，一路彈唱著大溪地情歌，船上就我們一家人，在樂聲中享受落日餘暉，看著金色的太陽慢慢從海平面落下，在沒有人煙和船影的海域看日落，舒暢的感覺只有一個「美」字可以形容。

　　島的四周是珊瑚礁圍成的淺海區，最適合做浮潛。我們乘著小船出海，海面上呈現出從碧綠到寶藍的水色，戴著浮潛鏡游在海面上，向下一望，哇！水是那麼的清，那淺海少說也有三、五十公尺深，當時我的泳技還不是很好，也不敢游遠了，但那海底美麗的景色已經深深吸引住我，捨不得匆匆上船離去。

　　在大溪地的商店裡，最能吸引遊客目光的，就是全世界只在大溪地養殖成功的黑珍珠。黑珍珠並不是真黑，只是顏色比較深的珍珠。它的色系分佈很廣，從淺灰到深褐、從藍綠到深紫，大大小小、渾圓到橢圓樣樣有。

　　早年法國人在此地發現天然黑珍珠以後就開始大量養殖，因為養殖需時長、海中生態環境不易掌控，養殖不易也就造成黑珍珠價位居高不下，長久以來都是女人最珍視的珠寶。

　　曾經去過許多不同國家的島嶼，大溪地特殊的法式風情

和她本身的獨特風貌，在我們心中一真是無可取代的，只是
地處遙遠，可能以後再難有機會回去，美麗的大溪地卻常在
我的夢中出現！

在 Moorea 島上乘船出海觀賞落日。

充滿法國風情的紐卡里多尼亞

（周嘉川）

　　由於欣賞南太平洋中法屬島嶼大溪地的法式風情，在一九九○年 3 月我們就決定選擇距離澳洲最近的法屬地紐卡里多尼亞（New Caledonia），去歡度我和本禮結婚二十週年紀念。

　　當時大女兒智婷剛進大學，課業正忙，我們只帶了小女兒智媛同行。（兒女漸漸長大之後，和我們一同旅行的機會越來越少，多數是為學校課業不可中斷的緣故。）我們一家人十分親蜜，既便是我們的結婚紀念日旅行，也一定要帶著家人，只是如果她們還很年幼，多半已不記得去過的地方，智媛就不記得她曾去過大溪地，倒是對紐卡里多尼亞記憶深刻，因為那時她已八歲大了。

　　對智媛來說，她記得紐卡里多尼亞的地方是在首府努米亞（Noumea）的街上有一家小小的法國精品店，店裡有許多木製玩具，一個粉紅豬，是用兩塊木板平合，把前後身推開，裡面藏了兩隻小小豬、另外一個小木盒在下方一壓，就跳出一個小鹿，智媛喜歡極了，我們買給她，她愛不釋手一路玩回家。

　　努米亞這個城市不大，但是濃厚的法國風情並不亞於大

溪地。城裡一個小小的商場，店鋪也是小小的一間接著一間，裡面擺賣的全是各式各樣的法國精品。因為是我們結婚二十週年紀念，名為「瓷婚」，因此瓷器是我們購買紀念品的標的。

法國瓷器一向以設計考究、質地精細聞名於世，旅行在外，加上瓷器易碎，大件物品很難攜帶。正在琢磨該買些什麼東西時，本禮一眼看到一瓶瓷瓶的法國白蘭地酒，瓶身上緣寫著一個英文金字 Mariage（結婚），瓶身正中畫著一對法國拿破崙時代身著宮廷禮服的紳士淑女，深情對望，顯然是一對恩愛夫妻，另附一個當你開瓶之後可以使用的瓷像瓶蓋，那是一個持著愛神弓箭的邱比特塑像，我們覺得用這個瓷瓶白蘭地來紀念瓷婚，真是最恰當不過了。另外我們還買了一面小小的瓷板畫，上面畫著一對鴛鴦。這兩樣東西一直跟隨我們至今，還沒決定在未來那一個結婚紀念日來開這瓶酒。

紐卡里多尼亞的主島是個窄窄長長的島嶼，地近熱帶的珊瑚海中，從雪梨乘飛機只要兩個小時就到了，它的首府努米亞在島的西南海邊，城市不大鬧區也只是臨海的一條主街，觀光景點都沿著海邊開拓，大小不等的旅館也都是建在海邊，這裡也許是個還沒有過度開發的地方，也正因為這樣才更能讓人欣賞到最原始的天然美景。

在我們的旅館前面沿著海岸種滿了椰子樹，黃昏時分我們在海岸邊散步，看著紅紅的日頭，從婆娑的椰影間漸漸滑落，照著滿天的金色彩霞，這是我記憶中最美的落日和晚霞，本禮連環照拍下的落日景象，至今也總是立在案頭，時時掀

動著我們記憶的心扉。

　　每次旅行我們總不忘搜尋當地美食，在努米亞有人告訴我們一定要去一家修道院開的餐廳用餐，因為那裡有紐卡里多尼亞的頂級法國料理，而且桌數不多必須事先訂位。

　　我們抱著好奇的心理決定前往一試，循址到了目的地，發現真是一座小型的修道院，進門處有一座一人高的聖母像立在花壇中，順著樓梯來到二樓的餐廳，牆上也掛著聖母像，餐桌佈置典雅大方。

　　一會兒一位修女遞給我們一份菜單，上面是手寫的絹秀字體，原來她們每日換不同的菜單，有新鮮的香烤鱒魚，也有牛排、羊排和雞、鴨。西餐中我一向最愛法式餐點，沒想到在這偏遠的努米亞，也能吃到最好的法國料理，特別是由修女調製的菜肴，有她們獨特的作料和方式，似乎聖潔純淨的氛圍，更為美食加分，只覺得那是一餐心靈與味蕾至高無上的享受。

　　餐後修女全體在樓梯上站成一列歡送客人，並且同聲高唱法國歌曲，只覺得歌聲悅耳，讓我們有賓至如歸的感受，不過問過修女她們唱的是什麼歌後，才知道她們在感謝天主，賜給她們巧手做出最好的菜肴來分享嘉賓。原來她們每日用的是「天主的菜譜」，難怪感覺如此別出心裁，一連串的驚奇，沒想到在紐卡里多尼亞吃到了美味的法國菜，更驚奇的是這美味還是在修道院嚐到的！

　　旅程中的一天，我們坐船到努米亞對岸的一個小島去享受真正的海灘風光，那小島上迎面看到的是一個白色的巨型

燈塔，島上花木扶疏，海邊是一片又細又白的沙灘，遊客們都穿著游泳衣到這兒來玩海，有的躺在細白的沙灘上、有的在碧波中游水、有的在海面上迎著輕風駕風帆。

島上平日沒有居民，只靠遊艇帶來一船艙的遊客，也帶來熱情洋溢的樂隊和舞者，還有遊客們的野餐和飲料。我們就在沙灘上看著自然美景和波里尼西亞人的歌舞，度過一個最有南太平洋風情的假日，也是一個最值得回憶的結婚二十週年瓷婚之旅。

在首府 Noumea 不可錯過的海灘落日景觀

不可不嚐的「修道院」餐廳中「天主的菜譜」

南非巡禮

（周嘉川）

　　住在南半球的日子裡，最東到過大溪地，最西就是在一九八七年曾經去了一趟南非（South Africa）。

　　南非當時的處境正如寒風正凜，世界民主大國都對她採取抵制和禁運的當口，澳洲也正準備在那年年底和南非斷航，我們是少數和南非維持邦交的民主國家，相互之間也有航權和通航，更常在他們艱困之時施予援手。就是在這種情況下，當時南非航空駐澳經理誠懇邀約我們一家在南非與澳洲斷航之前到南非參訪。

　　南非對我來說好像是個遠在天邊的地方，腦海中有的一點點印象就是：那是一個黑白種族隔離的地方，因為種族歧視多年來受到世界民主大國的各種抵制；早年看過寇克道格拉斯主演的一部影片「世界邊緣」，就是在南非最南的好望角拍攝的，那是一個多麼蠻荒淒涼的世界邊陲之地；再有就是那兒有原始的野生動物保留區，想到那塊充滿神祕和危險的土地，不禁激起我們想探險的念頭。

　　9 月 22 日南半球的春天，我們都準備了打獵裝和草帽，很興奮的迎接這趟南非之旅。從雪梨出發向西行，光是經過整個澳洲大陸就飛了五個小時，好不容易飛到了南非第一大

城約翰尼斯堡（Johannesburg），那已是 16 個小時之後了。當時是晚上十點鐘，整個機場裡卻空盪盪的沒什麼旅客。

到旅館途中，一路上看到約堡的街上多數商店都拉下鐵門，建築也都加裝鐵窗，這是澳洲和其它西方國家很難見到的景象，等到半夜聽到遠遠的街上傳來陣陣槍聲，才感受到約堡的治安實在太差。接待人員告訴我們說：「約城幾乎已被黑人占據，搶劫事件層出不窮，但是出了約堡就好了。」心想在南非難道罪惡也如種族般被隔離了嗎？答案是當時的南非確實如此，白人有白人居住的城市叫太陽城（Sun City），人員進出都要經過安全檢查，那裡不只是居民也是各國遊客的天堂。

到南非的第一個行程是到黃金城（Gold City）去參觀金礦開採的實景，那時候國際黃金價格直直落，金價不值錢，南非的許多金礦因此停產，我們去的黃金城就是已經停頓的礦區，當時已轉成旅遊的重要景點。

才六歲的智媛也和大人一樣頂戴鋼盔、手提沈重的電筒，安安靜靜的跟著參觀了兩小時都沒喊累。她張著大眼看高溫下的金沙鎔成金水，一倒入模型又立刻凝固成為金磚，大家都去試著拿黃澄澄的金磚，沈甸甸的還真是重，好像要讓人感覺黃金是多麼的貴重。接著我們也參觀了盛產鑽石的南非鑽石礦坑，當我們知道一克拉的鑽石是從一噸的礦石中打磨而成，倒真是嚇了一跳。

我們的下一站就是飛到南端的開普敦（Cape Town）去看看「世界邊緣」的好望角（Cape of Good Hope）。開普敦市

「全付武裝探金礦」

「這塊黃金可真重！」

母女三人去好望角「世界邊緣」一日遊

好望角山頂風奇大,真如「世界邊緣」的「窮山惡水」

容整齊街道寬闊，是南非南部的第一大城，我們的旅館就在市區的廣場飯店，白天廣場上還有土著的擊鼓舞蹈表演和一個小小的藝品市集，坐在旅館樓下開放式的咖啡座裡，看著土著的演出和熱鬧的市集也別有情趣。

可能是一路上吃得太多，也或許是小旅館裡煙味亂竄，半夜裡本禮突然心跳過速，我們立刻召來醫生，只聽醫生說心跳快得測不著了，要立刻送醫院急診。第二天一早本禮來電說覺得自已沒什麼問題了，想要出院，不過醫生說還需要留院做一些檢查，他要我按原訂計劃帶女兒去參加當天已預定好的好望角一日遊旅程。六歲的小女兒智媛一向黏爸爸，知道爸爸不能去旅行就哭了，說她也不去了，我對她說我們去為爸爸多照些風光照片不好嗎？她這才擦乾淚水和我們一塊出發。想不到到南非探險，遇到的第一椿險事竟是本禮緊急住院。

好望角在開普敦的更南尖端，整個區域都在西海岸國家公園內，我們爬到尖端的山頭上，四面一望全是陡峭嶙峋的巨石，山上一層層的砌石，原來是古代海底的疊生岩，因為地層變動而湧出海面，山頭狂吹著颶風，山下巨浪翻天，覺得這是個「窮山惡水」之地，真是了無人煙的「世界邊緣」。智媛怕得嚇哭了、我和智婷也面無喜色，心裡惦記本禮，似乎覺得這景物也更荒涼險惡了。

從山頭上往下望，可以看到印度洋和大西洋的兩洋交會處，大西洋是一片碧綠的海水、印度洋這面則是湛藍的海洋，中間有一道線清楚間隔，真是大自然的一項奇觀。巨浪拍打

著峭壁，捲起驚濤駭浪；遠遠的浪花層層疊疊地湧向沙灘，鋪陳出白色翻飛的蕾絲花邊，這荒山野地的景觀美得讓人震憾！

好望角一帶，有許多巨型的猴子在山邊坡地上嬉戲、有的在樹下納涼、有的獨自在路邊漫步；滿山遍野野花盛放，頓時柔化了嶙峋硬板的荒野山容，只覺得這裡春光無限明媚。

在西海岸公園的海邊，我們停下來在一間小小的餐廳用餐，吃的是當地盛產的海鮮。餐廳主人指著牆上一片木板上簽滿了各國遊客的名字，我和女兒也簽了名，居然發現有不少臺灣遊客的名字，驗證了當時臺灣正處在怎樣一個富庶的年代。

那天是週日，當我們傍晚回到開普敦時，只見城中街道幾乎不見人蹤車影，到了醫院本禮已穿著整齊地等著出院，只說什麼毛病都沒有，醫院像是有意坑錢。我們看著他沒事就放心了，這表示我們可以繼續接下來的探險之旅了。

在南非我們最後去的城市是她的首都普利脫利亞（Pretoria），首都在約堡北邊兩小時車程的地方，一棟半月環狀的國會大廈蓋在山頭上，占滿了整片山坡，俯視著一大片廣闊草原修建的美麗花園和林園，很少看到一個國家的首都像普利脫利亞那樣雄偉壯觀的。它的一座南非開拓史博物館，也建在附近另一個山頭上，外邊圍牆上是一列篷車浮彫記錄了先民殖民的歷史。南非地大物博，加上殖民地引進的土著外勞，價格低廉，政府公用建築都蓋得氣勢磅礴、十分壯觀。

參觀首都動物園時，看到池塘裡有一群天鵝，奇特的是赫然發現有幾隻天鵝是黑頭、黑脖子、紅嘴，卻有一個白色羽毛的身子，我們只在南非看到過這樣的天鵝，難道是反應

智婷身後的海水是大西洋和印度洋交會處，左綠右藍，色彩分明

海岸路邊有許多野生巨猴

首都普利脱利亞壯闊的國會大廈

南非開拓史博物館

了南非黑人多白人少的土地，終有一天黑人要出頭天嗎？至少日後由黑人執政的現況確是如此。

同一天的遊程最後在白人居住的太陽城結束，那裡是為白人和國外遊客興建的一座度假城，幾棟複合式的大樓，進出不論是居民、遊客和土著員工，都要經過嚴密的安全檢查。

太陽城裡什麼都有，電影院、世界名牌商場、高級旅館和高級住宅區，都蓋得豪華氣派。另外在一個大湖中還有人工衝浪設施，讓客人享受衝浪的樂趣；還有兩個由名家設計的高爾夫球場，在那兒除了門禁森嚴，進去以後可能會讓人忘了自己身在南非。

在南非看到了許許多多對比的景象：白與黑、富與貧、原始和現代、社會的不安與原野的寧靜，它造成的震憾，一直在心中迴盪！

唯有南非才有的「黑頭白身」天鵝，莫非「因果皆由前定」？

❦南非驚險刺激的草原大狩獵

（周嘉川）

　　在南非我們參加了一個四天三夜的庫魯格國家公園（Kruger National Park）自然生態之旅，才是我們這趟南非巡禮的精華所在。

　　庫魯格國家公園在約堡東北邊和莫三鼻克（Mozambique）為鄰的一大片土地上，南北長 350 公里，占地兩百萬公頃，園中復育成功了 300 種瀕臨絕種的植物；河中蓄養了 49 種魚類；地上行走的哺乳動物有 147 種；稀有兩棲動物有 33 種；爬蟲類有 114 種。看看這樣繁多的動、植物種類就夠讓人咋舌，它已是世界上數一數二的的自然生態保護區。

　　旅遊團從斯庫庫沙城（Skukuza）開始，乘大型遊覽車向著廣大的庫魯格公園前進，因為各種動物都散居在開放的園地裡，因此遊客不能下車，只能在有著巨型窗面的遊覽車裡向外望，土地這樣遼闊，也只有乘車才能盡可能看到最多的動物。

　　中午時分我們先在沙比河畔（Sabi River）的小休息站停留，已經可以看到一片非洲原始森林的風光，一條黃水滾滾的泥河，河邊水草漫漫，看得到巨大的蜥蜴躺在沙丘上，大樹上十來個小小的鳥巢，用枝條綁著垂掛在樹枝上，迎風搖

作者準備去 Safari 打獵囉！

作者一家在 Sabi Sabi 住的小茅屋

曳，我感覺自己真是身在非洲森林中了。

第一夜我們住在一個私人狩獵園（Sabi Sabi）的旅館中，那是一棟一棟的小茅屋，裝璜是純非洲的圖案，設備倒是相當現代化的，導遊要我們小心門戶，因為有時候夜裡會有野獸靠近。

傍晚以前我們開始了草原狩獵（Safari）行動，其實是讓遊客分乘幾部狩獵用的敞篷吉普車，帶我們去看草原上的動物。每部車有一個司機兼導遊，我們一家和一個巴西來的年輕夫婦帶一個三歲小女孩凱洛琳同乘一車，每部車前蓋上都坐著一個荷長槍裝實彈的土著，防備兇殘的豹子和野狗的襲擊，我們的車隊就這樣浩浩盪盪的出發了。

車隊在林間穿梭，一會兒左邊出現了一隻孤零零的長頸鹿，在樹頂覓食；一會兒右邊來了一群小鹿（Impala），在一隻公鹿帶領下向前飛奔；一會兒又看到一頭巨大的南非條紋羚。

我們的司機是個津巴布韋來的白人，他在林野裡開車十分勇猛，山路崎嶇加上車身顛簸，光是乘車原野狩獵的本身已夠刺激了。

在日落以前車隊開到一片大草原上，嚮導準備好熱咖啡和飲料，讓我們一邊品茗熱咖啡，一邊欣賞草原上開闊壯麗的落日奇景。只見一輪火紅的太陽從草原盡頭沉下，天邊的紅暈先轉醉紅、再慢慢暗沉終於沒入低垂的夜幕中，我們看到老鷹在蒼涼的原野盤旋、也看到幾頭野豬在附近的樹叢穿越閃過，這時土著燃起了火把，帶著我們轉回營地。

　　晚上的營火餐會正要開始，我們享用的是燒烤野牛肉和烤鹿肉，場地四周亮起了火把，荷槍土著也在四周佈防，他們擔心原野的野獸會聞香而至。食物是早先烤好的，外面的營火上吊著一個湯罐，雖然不是現烤野豬，倒也充滿了狩獵營地的風味。

　　頭天晚上嚮導告訴我們，第二天清晨六點鐘，要帶我們去看「萬獸之王」的獅子，大家興奮得幾乎一夜未眠，以前都是在動物園裡看獅子，想想能在原野看見獅群活動，一定讓人感覺又驚喜又害怕。

　　一大早吃了點餅干，大家還是乘狩獵車在昏暗的晨曦中啟程，嚮導告訴大家行進中要噤聲，以免驚擾了獅子和兇惡的野牛。走了一段車程，嚮導把車隊停在一個遠遠的樹叢裡，指著遠遠的一片長草叢，要我們看獅子就在那兒。大家興奮得也不敢出聲，果然看到草叢裡臥著兩頭獅子，旁邊還帶著一頭小獅子。

　　過了一會兒，或許是發現有人偷看，母獅子站起身來，像是說：「看什麼看，咱們換個地方！」頭一仰就目不斜視地向前走去，小獅子在中間，公獅殿後，就這麼昂首闊步穿過樹叢而去。看那獅子睥睨四方的風采，真不愧為「萬獸之王」！

　　接著去看野生水牛（Wild Buffalo），在一片隱密的水塘邊叢林裡，我們看到了眼神兇猛的黑色水牛，頭上兩隻長而彎的牛角，瞪著大眼一幅警戒要向前衝的模樣，嚮導做出噤聲的手勢，大家不敢作聲，車子也就悄悄地從旁滑過駛離開

被人看煩了，公獅昂首闊步要換地方

園中的野牛最有攻擊性

黃昏時分大草原上的非洲禿鷹

在 Kruger 國家公園中奔馳的斑馬

林中單個兒遊盪的長頸鹿

森林中的一隻野象

去。

我們回營區換了大遊覽車，準備開進大草原裡，去觀賞散居在草原各處的各種野生動物。從車窗往外望，一會兒出現了一群斑馬、一會兒映入眼瞼的是遠方的一群大象、一會兒是樹林間的一群長頸鹿，草原上的動物似乎也不太理會人，自由自在地奔馳漫步，神態間充滿了活力。想想牠們才是這兒的主人，而我們人類是客，坐在車中看外面的動物世界，不知是我們在看動物，還是牠們在觀察我們這些過客，想來十分有趣。

草原上最常見到的還是一大群的小型鹿（Impala），牠們多半成了草原大型野獸的糧食，「弱肉強食」大約就是大自然維持平衡的定律吧！

在山野間我們還經過一處蘇魯族（Zulu）的村落，土著不論男女都是上空裝，只有下身圍上一圈布，他們很高興的為遊客表演簡單的舞蹈；山間也經過一間黑人小學，喧鬧的小學生在操場上高聲的和我們路過的遊覽車打招呼，土著像是告訴我們，這裡是他們的土地，就像草原上的動物，告訴來客他們才是草原的主人！

從大草原出來，遊覽車向著南非東部大城德本（Durban）行進，途中經過東海岸的風光也十分奇特，有一處叫「上帝之窗」（God's Window），從山上往下望，山谷中一望無際，盡是荒原和古老的海底疊層岩，有的形狀像一棟棟茅草屋，看來真不像人間凡世！

另一個景點叫「壺洞」（Pot Holes），那是山上的水

瀑，經過千年萬年的沖擊，把山石沖成一個個像水壺般的深洞，也是大自然的一項奇景。海岸邊山坡上長著一棵棵恐龍時代的古樹，有些像仙人掌，枝幹肥大像葉片，上面有針刺一般的細小葉子；山坡上更看得到一大片一大片不同色彩的野花，那種景象只能用壯觀來形容，澳洲西部的野花更有名，卻不像南非這樣容易在海岸邊讓人看到。

　　這趟庫魯克自然生態之旅的終點在德本市，那兒有較多的印度裔人口，也有較多的黑白混血人口，在南非他們都是次等公民，如果今天去南非，他們的處境應該都不一樣了吧！而既使在當年，我們那趟草原生態之旅，大自然帶給我們的震憾，將永遠銘記心頭！

日落之後，如果不是衣服，幾乎看不見土著的臉

南非西海岸山區的 Zulu 族人跳原始上空舞娛賓

西部山區的「壺洞」風景區，看 Pot Hole 的瓶景

南非西海岸作者和恐龍時代的樹

再見、澳洲

一場意義非凡的惜別晚宴

（楊本禮）

一九九○年 10 月 11 日，我和嘉川應邀到澳大利亞首都坎培拉，出席澳洲聯邦參議院議長賽布拉夫婦和聯邦眾議院議長麥克萊夫婦聯合為我和嘉川舉行的惜別晚宴。應邀作陪的都是「親臺灣聯線」的成員（見附件一），其中還包括了三名內閣部長。對我和嘉川而言，這是畢生的榮譽，也是對我們過去工作努力的一種最好的回饋。對中華民國而言，也是一項破紀錄的殊榮。因為在澳洲國會的紀錄裡，從來沒有出現過參、眾兩院議長聯合在聯邦國會議長的專用餐廳裡，來為離任的外國外交使節舉行送行的惜別宴。

在那天晚上的惜別宴上，大家談笑風生。賽布拉說：「大家都知道，國會裡的主廚，即使是細心準備，也比不上本禮和珍妮在雪梨請我們吃的中國佳餚，我想，各位也有同感！」澳洲聯邦參議員史帝芬‧馬丁（Stephen Martin）補充說：「希望本禮的繼任人也能有好客的品味，否則，我們希望本禮早日回來！」

除了輕鬆的話題外，自然也有一些嚴肅的課題，其中以中、澳直航何日實現談得最多。（註：參見前篇〈中澳通航的一段談判秘辛〉）我從交談中得到一個印象，中、澳直航

Farewell Dinner for *PUNLEY* and *JENNY YANG* hosted by
their friends

Steamed Sea Perch with
Cointreau and Orange Sauce

Paupiettes of Veal, braised
with Port Wine Sauce

and

Fresh Vegetables of the day

Cheese Platter
with
Fresh Fruit & Nuts

Coffee, tea, mints

Parliament House Hardy's Chardonnay
Parliament House Orlando Cabernet Sauvignon

Speaker's Suite
6.30 pm
Thursday, 11 October 1990

親台灣連線議員及夫人簽名留念（附件一）

Farewell Dinner for *PUNLEY* and *JENNY YANG* hosted by
their friends

Steamed Sea Perch with
Cointreau and Orange Sauce

Paupiettes of Veal, braised
with Port Wine Sauce

and

Fresh Vegetables of the day

Cheese Platter
with
Fresh Fruit & Nuts

Coffee, tea, mints

Parliament House Hardy's Chardonnay
Parliament House Orlando Cabernet Sauvignon

Speaker's Suite
6.30 pm
Thursday, 11 October 1990

只欠臨門一腳，如何把球傳到有利位置踢進，是需要合作和創意的，如果只知「扭死波」，最後一定是徒勞無功！

在惜別晚宴之前，麥克萊議長特別請我和嘉川去參觀他的辦公室，並和他的夫人合照（註：見〈中澳通航的一段談判秘辛〉），我對他說：「你記得一九八八年 9 月 1 日晚上我對你說的話嗎？相信不久，我們也會受邀到你的專用餐廳用餐了！你哈哈大笑的說：『We will see! We will see!』現在，我們不是應邀到你的專用餐廳用餐了嗎？」李奧聽到之後，豪邁的大笑說：「時候應該是到了！」我和李奧的感情可以說是非常特別的。即使我離開澳洲，每逢國慶，他都參加我國舉行的國慶酒會。每次碰到我的秘書李明珠女士，都會要她代他向我和嘉川問好！

一九九〇年 10 月 30 日，我接到澳洲聯邦工黨參議員史帝芬・魯斯禮（Stephen Loosley）來信（見附件二）——「用最優秀的大使來稱頌我在澳洲期間的工作表現。」讓我有受之有愧的感覺，他是認為以工作的表現而言，我比任何一位大使有過之而無不及。他在信中說：很多我的朋友（指澳洲國會議員）都認為我已是一個道地的澳洲人了！的確，如果要以懂得欣賞澳洲葡萄酒的角度來看，我要比澳洲人更澳洲人。

我到新加坡上任不久，好友史提夫・都布瓦眾議員來信說：財相基廷發動「宮廷政變」，取代霍克而成為總理。大約一年過後，都布瓦來信告知，他已告老還鄉，並在他的選區開雜貨店過日子。參議院議長賽布拉已出任澳大利亞駐津

PARLIAMENT OF AUSTRALIA · **THE SENATE**

SENATOR STEPHEN LOOSLEY
A.L.P. SENATOR FOR NEW SOUTH WALES

11th Level
ANZ McCaughan House
56–70 Phillip Street
Sydney, NSW 2000
Telephone: (02) 241 2765
Facsimile: (02) 247 3505

30 October 1990
2554

P E R S O N A L

Mr Punley & Mrs Jenny Yang
Far East Trading Co Pty Ltd
Suite 1904
MLC Centre
Martin Place
SYDNEY,   2000.

Dear Punley & Jenny,

May I begin by saying that you have been excellent ambassadors
for your country while in Australia.

So good, in fact, that most of your friends have come to regard you
as Australians.

You will be missed when you depart for Singapore - the island's
gain - but it goes without saying that you will do a superb job
in that country.

Lynne and the boys, (Nicholas and James), join me in sending
their best regards to you both.

We hope to see you soon, either in Singapore or Australia.

With best wishes,

Yours sincerely

Stephen Loosley
ALP SENATOR FOR NSW.

（附件二）

巴布韋最高專員（大使），眾議院議長也已換人，當年和我們交往的友人自我們離去之後，再也沒有人和他們聯繫，言下不勝唏噓！隨後不久，澳洲舉行大選，工黨失去國會多數黨議席，自由黨上臺，霍華德出任總理。「親臺灣聯線」也在改選後無形消失。

二〇〇五年國慶，麥克萊以在野黨的國會議員身分出席國慶酒會，而他也是唯一出席酒會的聯邦國會議員！他在酒會中問起李明珠，本禮和嘉川仍在新加坡嗎？李明珠告訴他說：「本禮和嘉川早在二〇〇二年4月退休回臺灣了！」事後李明珠來信說：李奧聽到你們退休回國後很傷感的說，他以為澳洲和新加坡很近，關係也很好，在他的認知中，總有機會會到新加坡來看你們，可是歲月磋砣，以致他無法兌現來新加坡看本禮和珍妮的諾言。他要李明珠轉告他給我們的祝福！

參院議長賽布拉在國會議長宴會廳為作者夫婦舉辦惜別會。

告別坎培拉正是 Tulip 鬱金香繽紛盛放的春季

離情依依

（周嘉川）

在澳洲住了八年半，終於要和她說再見！八年半不算短的日子，正因為久，更覺得離情依依！

當時華航和澳航航權已經談妥，兩地不久就將通航。在工作上我們感覺已經完成了自己的任務，對公與私結交的數

華航直屬上司客運科長楊辰飛來墨爾本為我的業務，向總代理辦理交接。

不清的友人，卻讓我們有割捨不下的感情。

　　一九九○年年底離開雪梨之前的三個月，我們的生活和心情一直為離情籠罩，朋友的歡送會一場接一場，好像沒有止境；華航還特別派了我直屬的長官客運科長楊辰來為我和總代理辦理交接。（目前揚辰已升為華航企劃處處長）

　　墨爾本的僑界領袖，也是著名餐館美輪飯店（Rickshaw Restaurant）的老闆劉炯照，他誠懇邀約，親自下廚，為我們餞行；雪梨僑領陳榆和司徒惠初也發起盛大的歡送會，陳榆老先生特別訂製了一個寫著「江左夷吾」的銀盤送給本禮，把他對我國外交的貢獻，以古代管仲的成就相比擬，可見他們對本禮的器重。

　　本禮一向敬老尊賢，很得澳洲僑界耆者賢達的賞識，並盡成莫逆之交；從來不請人到家中的雪梨餐飲界大老廖威叔、嬸，更親自下廚邀我們去他家中把晤話別。

　　我國前大洋洲選出的立法委員，也是我們在澳洲的莫逆之交楊雪峰，邀請臺灣大專同學會和臺灣同鄉會的好友共同來歡送我們，雪峰的太太麗莉安，特別選了一幅她的畫家好友畫的「雪梨藍山三姐妹石」的油畫送給我們，讓我們賭物思情，永遠別忘了澳洲和在那兒的眾多好友。

　　本禮發起成立的政大校友雪梨分會，其中有好幾位我國外交界的前輩學長：張國正、楊卓膺、馬秉乾等都來依依話別；同是政大新聞系畢業的外貿會主任朱康明和黃沁珠夫婦、國際商銀雪梨分公司總經理黃森義和他太太呂美蘭，也是我的高爾夫球球友，都特別在家中為我們舉辦了盛大的歡送會。

　　最讓我們感動的就是在當年的雪梨國慶酒會中，澳洲眾院議長，也是我們的好友麥克萊，以酒會貴賓的身分，為我們送行，並稱讚本禮對兩國關係的推動有莫大的貢獻。第二年兩國通航酒會中（當時我們已遷到新加坡），他更指出：「如果沒有本禮和嘉川的努力，就不可能促成今天的通航。」消息傳來，讓我們感動不已！

　　其間我們在兩年後為參加智婷在澳洲雪梨大學的畢業典禮，曾回到雪梨一趟，和老友短暫相聚，在那之後就再也沒有去過澳洲了。

　　不過，離開澳洲和朋友們的聯絡始終沒有中斷，許多朋友像楊雪峰和麗莉安夫婦、應仲藝和施美林夫婦、張鴻彥和陳瑜夫婦、張國正和楊智美夫婦、俞國強和朱琴夫婦、朱康明、朱浙川、黃森義和徐先樹等都曾到新加坡來相聚。

　　中間我們還和澳洲好友張鴻彥和陳瑜夫婦、王更生和路鐵屏夫婦帶著我們的小女兒智媛，一同到歐洲遊覽了十多天，只是老友源廣揚、楊雪峰、楊卓鷹、常德潤、馬秉權和小提琴家林昭亮的舅媽朱琴都先後故去，想起澳洲總會想起他們，更生無限感慨！

　　「別矣，澳洲！」也許我們今生不會再回去，但是我們要把在南半球工作生活的種種、美麗的風光、濃郁深厚的友情和對老友的懷念，都一一記錄在這本書裡，獻給在那裡我們所有至愛的朋友。

好友楊雪㋥為作者夫婦舉辦一場歡送會和麗莉安送的「藍山三姐妹石」油畫

墨爾本僑領劉炯照（左二）親自下廚歡送作者夫婦（右二為僑選監委曾積）

雪梨僑領陳榆贈送「江左夷吾」銀盤

僑領司徒惠初的歡送會

一場接一場的歡送會

福臨門酒家老闆廖威（中坐者），左為刁振謀，右為陳榆一次又一次
殷殷話別。

新萬有文庫

住在南半球的日子

作者◆周嘉川・楊本禮

發行人◆王學哲

總編輯◆方鵬程

主編◆葉幗英

責任編輯◆徐平

美術設計◆吳郁婷

出版發行：臺灣商務印書館股份有限公司

台北市重慶南路一段三十七號

電話：(02)2371-3712

讀者服務專線：0800056196

郵撥：0000165-1

網路書店：www.cptw.com.tw

E-mail：ecptw@cptw.com.tw

網址：www.cptw.com.tw

局版北市業字第 993 號

初版一刷：2008 年 6 月

定價：新台幣 300 元

住在南半球的日子 ／ 周嘉川, 楊本禮合著 . --
初版 . -- 臺北市：臺灣商務， 2008.06
面 ； 公分 . -- （新萬有文庫）

ISBN 978-957-05-2285-3(平裝)

855   97006018

傳統現代　並翼而翔

Flying with the wings of tradition and modernity.

讀者回函卡

感謝您對本館的支持，為加強對您的服務，請填妥此卡，免付郵資寄回，可隨時收到本館最新出版訊息，及享受各種優惠。

姓名：＿＿＿＿＿＿＿＿＿＿＿＿＿ 性別：□男 □女

出生日期：＿＿＿年＿＿＿月＿＿＿日

職業：□學生 □公務（含軍警） □家管 □服務 □金融 □製造 □資訊 □大眾傳播 □自由業 □農漁牧 □退休 □其他

學歷：□高中以下（含高中） □大專 □研究所（含以上）

地址：＿＿＿＿＿＿＿＿＿＿＿＿＿＿＿＿＿＿＿＿＿＿

＿＿＿＿＿＿＿＿＿＿＿＿＿＿＿＿＿＿＿＿＿＿＿

電話：（H）＿＿＿＿＿＿＿＿ （O）＿＿＿＿＿＿

E-mail：＿＿＿＿＿＿＿＿＿＿＿＿＿＿＿＿＿

購買書名：＿＿＿＿＿＿＿＿＿＿＿＿＿＿＿＿

您從何處得知本書？

□書店 □報紙廣告 □報紙專欄 □雜誌廣告 □DM廣告

□傳單 □親友介紹 □電視廣播 □其他

您對本書的意見？（A/滿意 B/尚可 C/需改進）

內容＿＿＿ 編輯＿＿＿ 校對＿＿＿ 翻譯＿＿＿

封面設計＿＿＿ 價格＿＿＿ 其他＿＿＿＿＿＿

您的建議：＿＿＿＿＿＿＿＿＿＿＿＿＿＿＿＿＿

＿＿＿＿＿＿＿＿＿＿＿＿＿＿＿＿＿＿＿＿＿＿＿

＿＿＿＿＿＿＿＿＿＿＿＿＿＿＿＿＿＿＿＿＿＿＿

臺灣商務印書館

台北市重慶南路一段三十七號 電話：（02）23713712轉分機50~57

讀者服務專線：0800056196 傳真：（02）23710274

郵撥：0000165-1號 E-mail：ecptw@cptw.com.tw

網路書店網址：www.cptw.com.tw